Florian L. Arnold • Das flüchtige Licht

Florian L. Arnold

Das flüchtige Licht

Roman

Mirabilis Verlag

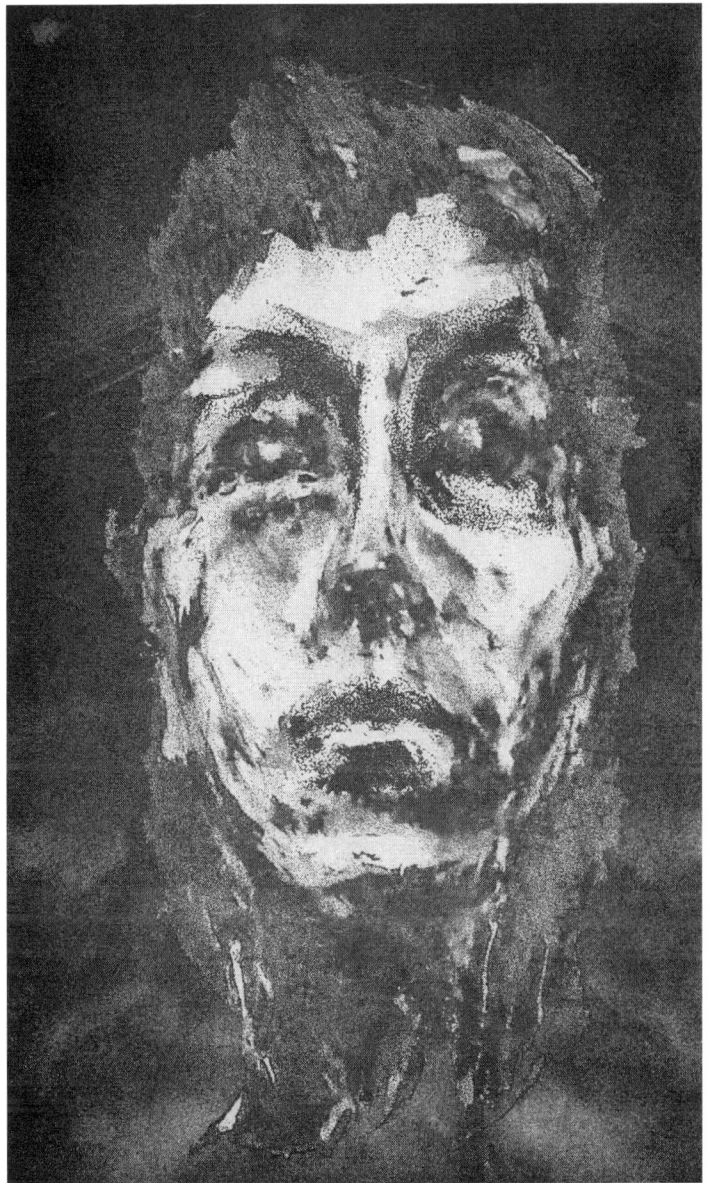

Im Gewebe der Klänge
Im Gewebe eurer Stimmen
ist die Vergangenheit geborgen.

I

Ich schreibe eure Träume

Ich bin die Stimme hinter euren Gedanken.
Wo ihr leere Landschaften seht,
unentdeckte Länder,
dort war ich zuvor schon,
wanderte gegen Horizonte,
die niemand kannte,
sah Farben, wo keine Farben existierten.

Ich bin die Bewegung
in euren Gliedern,
die Lust und die Liebe in euch.
Wo ihr noch Fragen stellt,
weiß ich bereits alles.
Wo ihr Leere spürt,
weiß ich die Antworten,
das Ziel aller Wege und Gedanken.

Ich bin das Gefühl,
das jedem eurer Gefühle vorausgeht

und jede Freude, jede Trauer,
die ich euch empfinden lasse,
habe ich zuvor,
hundertfach größer und tiefer,
selbst empfunden.

Ich bin es,
der euch erst Gefühle gibt,
der euch zum Lachen bringt,
der euch ängstigt.

Ich schreibe die Träume, die in euch wohnen.

ein Schatten der Zukunft,
uns ins Fleisch gelegt:
ein Salz, ein Gift.

II

Licht, spiel!

Ihr kanntet eure Straße in- und auswendig, sie war mit euch gewachsen, um euch herum gewachsen. Sie trug gerade genug von der äußeren Welt hinein zu euch, um eine Sehnsucht zu wecken, und blieb doch der Welt entfernt genug, dieser Sehnsucht nicht zu folgen.

Die Stadt jenseits der Straße war kaum mehr als eine Ahnung, ein ferner Klang, der eure Haut mit den leisesten Ausläufern kleiner Schockwellen berührte: ein Ruf, ein Lachen, ein Schrei, eine Sirene, eine Explosion. So erschließt sich die Welt den Menschen: Straße für Straße, Laut um Laut, und wo immer eine Sehnsucht den Blick hebt, die Schritte um eine unbekannte Ecke lenkt, geben neue Ausblicke, Geräusche, Geschehnisse eine Ahnung davon, um wie vieles größer als die eigenen Wege die Stadt, das Land, die Welt ist, und doch lenkten viele niemals ihre Schritte weiter als sie es mussten. Die Welt blieb Welt, die Stadt blieb Stadt und am Ende genügte es, die Straße vom einen Ende zum anderen zu gehen und alles zu wissen, was die Welt ausmachte: Hier ein Kuss, dort eine Ohrfeige, ein Kind wird geboren, nebenan stirbt jemand, man trauert, man lebt fort, das Licht fällt in ein Zimmer, ein Lufthauch hebt ein Foto von einem Tisch, wirbelt es auf, wirft es hinab, so wachsen und zerfallen Erinnerungen und Träume.

Eure Stadt bestand nur aus der Straße, in der alle Türen offen standen, kein Haus, keine Wohnung, in die ihr nicht eure Nasen gesteckt, keine Geschichte, die ihr nicht belauscht hättet. Da drüben lebte die *Katzenfrau*, die man abholen ließ; in ihrem Haus fand man sechzig Katzen oder mehr und im Keller dieses wie ein Schneckenhaus aus vielen kleineren Gebäuden zu einem größeren, nahezu unbewohnbaren Labyrinth zusammengeschachtelten Hauses lagen Katzenleichen, überall Katzenleichen.

Diese kleinen Sensationen teilten sich die Mütter untereinander mit, wenn sie abends beisammenstanden, während ihr Kinder auf der Straße spieltet und manchmal in ein offenes Fenster einen Ball warft. Dann hob ein Schreien an, dann flog der Ball heraus, Verwünschungen prasselten nieder auf alle Köpfe, so dass ihr in allen Ritzen, Zwischenräumen, Nischen und Kellereingängen verschwandet, eine verschworene Gemeinschaft, in der kein Platz war für Fremde, auch nicht für den Rotschopf Enzo, der sich immer in eure Straße traute und, an eine Hauswand gelehnt, ein Bein angezogen gegen die Wand gestützt, das andere forsch nach vorn gestemmt, eurem Spiel zusah. Erst war er weit weg, dann nah, außer Hörweite, Teil eines Schattens, der aus einem Winkel, einer schräg vorspringenden Brandmauer sich vorwagte. Später wurde er vorwitziger, kam näher heran, dass man ihn sehen konnte, nein, richtiger: sehen musste. Frecher Kerl, dachtet ihr, was wagt er sich vor? Soll er doch in seinem Dreckswinkel bleiben, mit seiner schäbigen Kleidung, seinem roten Haar, seinem Faunsgesicht.

Zu gern wäre er einer von euch gewesen. Und weiter wagte er sich vor, und eines Tages trat er zu nah heran an euch: ein zögerliches Vortreten zwar, als setze er seinen Fuß auf einen fremden, feindseligen Kontinent, und er zog sich auch sogleich zurück, sobald er die Irritation bemerkte. – »He, Enzo, was tust du hier, geh nach Hause! – Enzo, das ist nichts für dich, du bist zu klein! – He, verpiss dich!«

Wie man einen räudigen Hund verscheucht, jagtet ihr ihn fort, fragtet nicht lang, was er hier wollte. So wenig passte er in diese Straße, dass er nicht einmal zusehen durfte. Und der Fortgetretene zog sich zurück ohne Protest, ohne Erstaunen über die aus vielen Mündern zu gleicher Zeit herausgeschriene Zurückweisung, zog sich zurück an die Hauswand, in einen bergenden Schatten, mit abgewandtem Blick. An seinem gespannten Nackenfleisch aber, an den harten Waden, in dem fest auf den Boden vor sich gerichteten Blick hättet ihr ablesen können, wie sehr er sich in eure Mitte sehnte. »Verpiss dich endlich!«, schrie

Gianni zornig. Noch einen Schritt tiefer rückte er sich in den Schatten hinein.

Aber er ging nicht fort, vertreiben ließ er sich nicht.

Es war eure Straße, die Straße eurer Eltern, Geschwister, Großeltern und Freunde, es war eine Straße, wie man sie heute nicht mehr findet, denn Autos passten nicht hindurch. So lebtet ihr mehr auf der Straße als in den verwinkelten, oftmals ineinander übergehenden Wohnungen. Ohnehin ließ sich nie sagen, wem etwas endgültig gehörte. Vieles wanderte von Hand zu Hand und ging im entscheidenden Augenblick zurück in die Hand dessen, der sich als Eigentümer empfand. Ging einem etwas verloren, so gelangte etwas anderes wie ein Ausgleich in seinen Besitz. Starb jemand, trauerten alle, wurden die Spiegel verhängt, die Fenster weit geöffnet, trank man gemeinsam, und zwischen den zu später Stunde schweigend aneinander lehnenden Erwachsenen tolltet ihr Kinder, als sei es heller Tag. In dieser Straße zu wohnen hieß, nicht einer einzigen Familie anzugehören, sondern allen Familien der Straße, und die Ermahnungen der Mütter, die laut aus den Fenstern schallten, trafen das eigene Kind und alle anderen dazu: »Elio, schrei nicht so!« – »Maria, zerreiß dein Kleid nicht!« – »Wo ist Elio? Er soll reinkommen, holt Elio!«

Die Häuser waren Gebilde, wie man sie an keinem anderen Ort der Stadt oder des Landes fand, gewachsen, nein, vielmehr gewuchert über Jahrzehnte, wenn nicht gar über Jahrhunderte, niemals erneuert, in jeder Generation um ein Stück vergrößert oder von einem weiteren Keller unterhöhlt. Manche Wohnungen hatte man so oft mit neuen Wänden, Türen und Fenstern versehen, dass selbst die Bewohner manchmal noch irr gingen zwischen den Zimmern: »War dort nicht der Schrank, in dem … nein, richtig, nun steht er im Flur, neben dem Fenster, das wir einbauen ließen …«

Niemals hatte sich ein Architekt, ein Statiker, ein Sachverständiger um diese Häuser gekümmert, von denen man schon vor einhundert Jahren gesagt hatte, sie müssten abgerissen und durch etwas Besseres – durch etwas viel Besseres – ersetzt werden. Nach jedem Ausruf der Obrigkeit, dass diese Häuser, ja, all diese Straßen in diesem Viertel nicht mehr zu halten seien und dringend eingerissen werden müssten, vergingen Jahre, Jahrzehnte, dann ein Jahrhundert, und am Ende blieb alles, wie es immer gewesen war. Eine Generation folgte der nächsten und prägte den an grau gewordene Termitenbauten erinnernden Gebäuden ihren Stempel auf. Hier die Familie C., gleich über der Familie A., bei der die männerlose Tante der Familie O. lebt, deren wuchtiger Kleiderschrank eine Tür verbirgt, hinter der das Reich des Cavaliere K. beginnt, der wiederum von Frau G. versorgt wird, die mit ihrer Familie im obersten Geschoss wohnt und begonnen hat, das Dach mit zusätzlichen Wohnkammern zu erobern.

Wie eigenartig, verwinkelt und unbegreiflich all diese Wohnreiche und Zuständigkeiten auch gewesen sein mögen, für die Kinder gab es keine Grenzen, keine verbotenen Zonen. Sie waren überall, drangen überallhin vor. So entdeckte Elio den Brunnen aus römischer Zeit, der nur durch brüchig gewordene Holzbalken verborgen gewesen war. Beinahe hätte er sich zu Tode gestürzt, als einer der morschen Balken unter ihm nachgab, es blieb bei einem gebrochenen Fuß. Seine Mutter weinte, ohrfeigte Elio, weinte erneut, dann ohrfeigte ihn der Vater, dann fuhren sie ihn ins Krankenhaus, von wo er mit einem Gips zurückkehrte, und alle hatten das weiße Gebilde um seinen Fuß bestaunt und dann das Interesse verloren. Elio konnte eine Zeit lang nicht mit ihnen auf der Straße spielen. Ohne ihn machte alles keinen Sinn.

Elio bekam nur durch Erzählungen von den Ereignissen etwas mit, die bis zu seiner Genesung die Kinderwelt aufrüttelten: Spucino war beinahe von einem Auto überfahren worden, als er für seine Mutter Stoff kaufen ging, Gianni hatte ein Fenster eingeworfen und war zu zehn Tagen Zimmerarrest verdammt worden, aber sein Zimmer besaß keine Tür, und so besuchten ihn die Kameraden, indem sie an der Türschwelle standen und berichteten: Dass Spucino beinah von einem Fiat überfahren worden war, aber einem richtigen, großen Wagen, und dass er dabei einen Zahn verloren hatte … Dass die Schwester von Pesencia mit dem Bruder von Bianci ging, dass der Vater von Spucino einen

Abszess im Kiefer hatte und nun aussah, als trage er einen ganzen Apfel im Mund herum. Es hieß, man werde ihm den ganzen Kiefer herausnehmen und durch einen Metallkiefer ersetzen, und das Grauen über diese Vorstellung schlug Wurzeln in euren Träumen, in denen es wimmelte von Ungeheuern, Dramen, Abenteuern.

Am Abend war der Zimmerarrest vergessen: Am Ende der Straße brannte es, da drüben lebten Elios Großeltern. Das ganze Viertel rannte mit Eimern, Wannen und allem, was Wasser fassen konnte, zum Brandherd. Die Feuerwehr kam mit ihrem neuen großen Löschfahrzeug nicht hinein in die Gasse und musste das ganze Viertel umfahren, um dann von der anderen Seite ihre Rettung anzubieten. Aber da war es schon zu spät gewesen – die Bewohner hatten ihre Kinder und ein paar Habseligkeiten ins Freie gebracht und saßen dort, in Decken oder Tischtücher gehüllt, und sahen den vergeblichen Bemühungen der Feuerwehrleute zu und hinter ihnen standen und saßen die anderen Bewohner und ihre Kinder. Sie hatten die halbe Nacht ins Feuer gestarrt, beim Starren ins Feuer waren sie alle Kinder, alle waren klein und zitterten in viel zu großen Schlafanzügen.

Enzo ging nicht fort, vertreiben ließ er sich nicht. Er war in den Büschen und sah zu, ohne gesehen zu werden, er atmete mit ihnen, wenn sie Fußball spielten bis zur Erschöpfung, freute sich mit den Siegern, litt mit den Verlierern. Es zuckten seine Waden, drängten ihn hinauszueilen und zu helfen, wenn eines der kleinen Kinder vom Rad fiel oder sich im wilden Spiel stieß. Doch er verließ das Versteck nicht. Er war immer in eurer Nähe, er kannte euch vielleicht besser, als ihr euch selbst kanntet. Jede eurer Stimmen hätte er, der Lauschende und Sehnende, blind und an jedem anderen Ort unter Hunderten herauszuhören vermocht. Ihr aber saht ihn nicht in seinem Versteck, natürlich, aber auch nicht in dem Lieferjungen, der, halb verborgen unter einem schweren Paket, durch eure Straße ging, und auch nicht in dem Jungen, der nach euren Fenstern hinsah und nichts mehr ersehnte, als von euch gegrüßt zu werden.

Dann begann die Straße zu wachsen, sie dehnte sich aus, sehr langsam, ihr merktet es nicht, zunächst. Es kamen neue Orte dazu, die Landkarte faltete sich auf und entbarg neue Wunder: die Kathedrale, den Park, den Weg zur Grundschule, den noch längeren Weg zur Mittelschule, vorbei am Schrottwerk, wo sich die, wie ihr glaubtet, höchsten Berge von zerschmettertem Metall und bis zur Unkenntlichkeit verbogenen Autowracks in den Himmel hoben und wo ihr, wenn euch der Mut nicht vorher verließ, schnell hineinlieft, um etwas zu stibitzen.

Meist war der Rothaarige dabei, der nicht aus eurer Straße stammte, aber der sich niemals hatte verscheuchen lassen und dem ihr schließlich, da er nun einmal nicht gehen wollte, alle schrecklichen und unwürdigen Aufgaben übertrugt.

Er musste in den Abwasserkanal hinein, um nachzusehen, wo sich die Biegung in den Abgrund befand, er musste von der zersprengten Brücke in den Fluss springen, und mit angehaltenem Atem saht ihr zu, wie er es machte, wie sein schmaler Körper mit dem in der Abendsonne flammenden Haarschopf in die Tiefe stürzte. Hättet ihr ihn bitten können, es nicht zu tun, jetzt hättet ihr es getan: »Spring nicht, der Fluss ist nicht tief, vielleicht springst du in den Tod, vielleicht stürzt du auf einen Stahlträger, oder ein Stück des Brückenfundaments bremst deinen Fall und du zerschmetterst.« Aber der Moment verging, der Körper des Rotschopfs schoss ins Wasser und kam, viele Meter abwärts, wieder zum Vorschein: Nass und zitternd kroch er ans Ufer, durfte sich für einen kurzen Moment der Bewunderung und der Gemeinschaft erfreuen und wusste doch, dass er bei der nächsten Gelegenheit wieder seinen Hals riskieren musste, wenn er weiterhin in eure Straße kommen und sich als einer von euch fühlen wollte. Und so war er es auch, der ins Schrottwerk gehen, sich an dem in der Hitze seiner Hütte dösenden Wachmann vorbeischleichen, sich an dem gefährlichen Hund vorbeiwagen musste, um den Tempomesser zu stehlen.

Es ging nicht um das Diebesgut an sich, auch wenn der Tempomesser, den der Rotschopf Enzo mit vor Aufregung und Stolz über den gelungenen Streich glühendem Gesicht vor euch hinlegte, ein besonderer Fang war. Nein, es ging um den Mut, sich hineinzuwagen und sich von dem cholerischen und immer violett angelaufenen Besitzer nicht fassen zu lassen, nicht vom Wachhund gebissen zu werden. Nach dem Rotschopf seid ihr alle einmal hineingegangen, manch einer trug nur ein paar Schrauben heraus, aber Elio gelang es, ein Lenkrad zu stehlen und Gianni einen Teil einer Hupe. Den fehlenden Teil wolltet ihr bei einer weiteren Diebestour ausfindig machen und es war Elio, der die Idee aufbrachte, aus all den entwendeten Teilen ein ganzes Auto zu bauen: »Ja, warum denn nicht?, wenn wir alle zusammen jeder ein paar Teile mitnehmen? … Wenn wir …?«

»Ich mache mit«, sagte der Rotschopf, aber niemand hatte ihn darum gebeten. Die Diebestouren ins Schrottwerk endeten, ohne dass ihr den fehlenden Teil der Hupe gefunden oder gar ein Auto gebaut hättet.

Und immer weiter wuchs die Stadt. Eure Straße erzog euch, aber sie gehörte nun auch den Kindern, die euch nachgewachsen waren. Und immer weiter wuchs die Stadt, die ihr in- und auswendig zu kennen glaubtet. Ihr erobertet die Stadt und die Straßen wuchsen zusammen zu Vierteln, zu Gegenden, in die man sich traute, und Gegenden, in die man sich nicht traute. Es gab die armen und die schrecklichen Gegenden, und die Gegenden, über die man gar nicht sprach, die Gegenden, wo man Kinder stahl und Menschen unter scheußlichsten, unaussprechbaren Bedingungen hausten. Man hörte immer wieder von Grässlichem, das von Mund zu Mund ging. Euch aber machte die Stadt immun, ihr wart Geweihte, geschützt durch eure Jugend und eure Unwissenheit. Das Furchtbare und Unaussprechliche geschah immer nur den anderen, niemals euch, so dass ihr bald lachtet, wenn eure Eltern ihre Sorgen auf euch legten. »Nein«, rieft ihr, amüsiert über diese Besorgnisse der Alten, »das passiert uns nicht, uns passiert niemals etwas.«

Und als ihr diese Gegenden eines Tages selbst zu Gesicht bekamt, da fandet ihr sie nicht furchtbar und zu eurem nicht geringen Staunen waren es Menschen wie ihr, die dort nicht *hausten,* sondern *lebten,* so wirklich und wahrhaftig wie ihr selbst: Auf den Straßen die Jungs, die einem Ball hinterherjagten, die offenen Türen, die gespannten Leinen mit Wäsche, die Händler, die ihre Waren feilhielten, deren Rufe alle anlockte, ob sie nun die nötigen *Centesimi* für einen kleinen Schatz aus Holz oder Plastik in den Hosentaschen trugen oder nicht. Da waren die Werkstätten, die Läden, die Keller, aus denen es schimmlig-kalt roch, die Väter, die von der Arbeit kamen oder zur Arbeit gingen, dort die Mütter, die Tanten, die Düfte nach Essen und Leben, und sahen diese Häuser nicht jenen ähnlich, in denen ihr lebtet? Es war euch dort draußen, weit von euren eigenen Orten entfernt, nichts fremd, es war nur entfernt, und immer weiter entfernt von eurer Straße, dem Ort, der zuerst und allein *die Stadt* gewesen war. Eure Stadt war ein Meer, auf dessen mal friedlicher, mal wild aufbäumender Oberfläche ihr lebtet, von dessen Tiefe ihr nichts ahntet, nach dessen Enden ihr Ausschau hieltet, ohne euch doch ernsthaft danach zu sehnen, diese selbst zu sehen.

Ihr wart helle Fische in dunklen Wassern und wusstet nichts von der immensen Tiefe, in der ihr schwammt.

Eines Tages kamt ihr ans Ende der Stadt und fandet zu eurem Erstaunen nicht ein Ende, einen Abgrund, in den alles stürzte, keine weiße Wand, in der die Geschichte zu Ende ist, sondern Straßen und Horizonte und dahinter andere Städte, die euch Größeres versprachen. Und ihr, die ihr nie etwas anderes als eure Stadt besessen hattet, spürtet den ersten Stich einer Sehnsucht, die nicht mehr vergehen würde. War es nicht Elio, der zuerst davon sprach wegzugehen? Er stand an eine Mauer gelehnt, eine Zigarette im Mund, er paffte, drückte den Hustenreiz hinab und sagte: »Da müsste man hin, nach G…, oder noch weiter weg, vielleicht sogar nach N…, ganz hinunter an die Küste.« Er sprach jetzt wirklich vom Meer, dem echten Meer, das ihr niemals gesehen hattet, aber sofort waren in euch allen die gleichen Bilder von Wasser und Sand und salzverkrusteter Haut. Ihr dachtet an die Mädchen in engen Badeanzügen, an einen immerwährenden Sommer, während euch der erste helle oder dunkle Bartflaum wuchs. Ihr teiltet euch die Zigaretten, Elio und Gianni, und auch der Rotschopf Enzo stand dabei, nicht wahr, und durfte auch mal ziehen und sagte: »Ich war mal am Meer.«

»Und wie war es dort?«, fragtet ihr ihn. Gerne hättet ihr ihn bestürmt, alles zu erzählen, aber er durfte nicht merken, wie sehr ihr euch nach jedem kleinen Stück von Ferne und Erwachsenheit sehntet, und nichts war erwachsener als ein Dasein am Meer. Was er euch berichtete, der Rotschopf, das ließ euch an schöne Haut und Seeigelstacheln in den Fußsohlen denken, an Sonnenbrände und an die herrliche Müdigkeit nach einem langen Tag am Meer. Hatte er einmal seinen Schnabel offen, hörte Enzo so schnell nicht mehr auf zu erzählen, und vielleicht schmückte er auch aus, was er gesehen hatte, übertrieb, wenn er von der Größe des Meeres sprach oder wie es ist, sich in die Wellen zu werfen. Aber das Größte war, das alles vor Augen zu haben und die Unmöglichkeit des Geträumten zu erkennen – und dennoch zu denken, etwas davon werde einmal wahr.

Er konnte gut erzählen, der Rotschopf. Aber alles Erzählen und Geschichtenerfinden ist Gift. Ein Gift, das Menschen zu Unvernunft bringt, das Sehnsüchte in die Köpfe pflanzt, die sich nicht mehr zum Schweigen bringen lassen, und ihr wart euch später sicher, dass Elios Sehnsucht ausgelöst wurde von den Schilderungen dieses Enzo, der nicht einmal zu euch gehörte. Aber er erzählte euch von etwas, an das ihr bis zu diesem Moment nie gedacht hattet. Er weckte eine Sehnsucht in Elio, der vom Auswandern fantasierte, von Amerika oder von Brasilien, denn jenseits aller Meere ist wieder eine Küste, an der alle Sehnsüchte anlanden. Elios Sehnsucht wurde zu euer aller Sehnsucht. Ihr hättet jedem der Orte, an die ihr nun dachtet, die ihr euch mehr ausfantasiertet als dass ihr wirklich etwas darüber wusstet, eure Seelen anvertraut.

Anders als eure Eltern kanntet ihr keine Scheu vor dem Weggehen. Nur Gianni liebäugelte nicht mit der Ferne: Er hatte sich eure Stadt angelegt wie ein maßgeschneidertes Kleidungsstück, er war dort häufiger noch als ihr in jeden Winkel vorgestoßen, hatte mehr Klängen und Gerüchen nachgestöbert als ihr, so dass er wirklich von sich sagen durfte, jeden Winkel zu kennen. Er fühlte sich in allen Gassen, Straßen, Höfen, Plätzen der Stadt so sicher, dass er nichts Größeres erhoffte und kein Horizont ihn lockte. Er lächelte sanftmütig über eure Fantastereien, er sagte, ihr solltet ruhig gehen und würdet doch bald wiederkommen, und ihr antwortetet ihm, dass er gefälligst mitkommen solle, denn hattet ihr einander nicht etwas geschworen? Ja, hattet ihr einander nicht geschworen, euch nie zu trennen, euch immer im Blick zu haben, immer füreinander in Rufweite zu sein, wie es seit den frühesten Kindertagen der Fall gewesen war?

Aber Elios Sehnsucht wuchs und Gianni sagte: »Einer geht zuerst, so ist es immer. Und die anderen folgen. So ist das.«

Und ihr hättet dem Rotschopf Enzo für seine Erinnerungen, mit denen er Elios und auch euer aller Fantasie vergiftet hatte, eine Tracht Prügel verpassen mögen. Aber der Rotschopf war schon nicht mehr bei euch, war fort, ausgeblieben, von euch nicht vermisst.

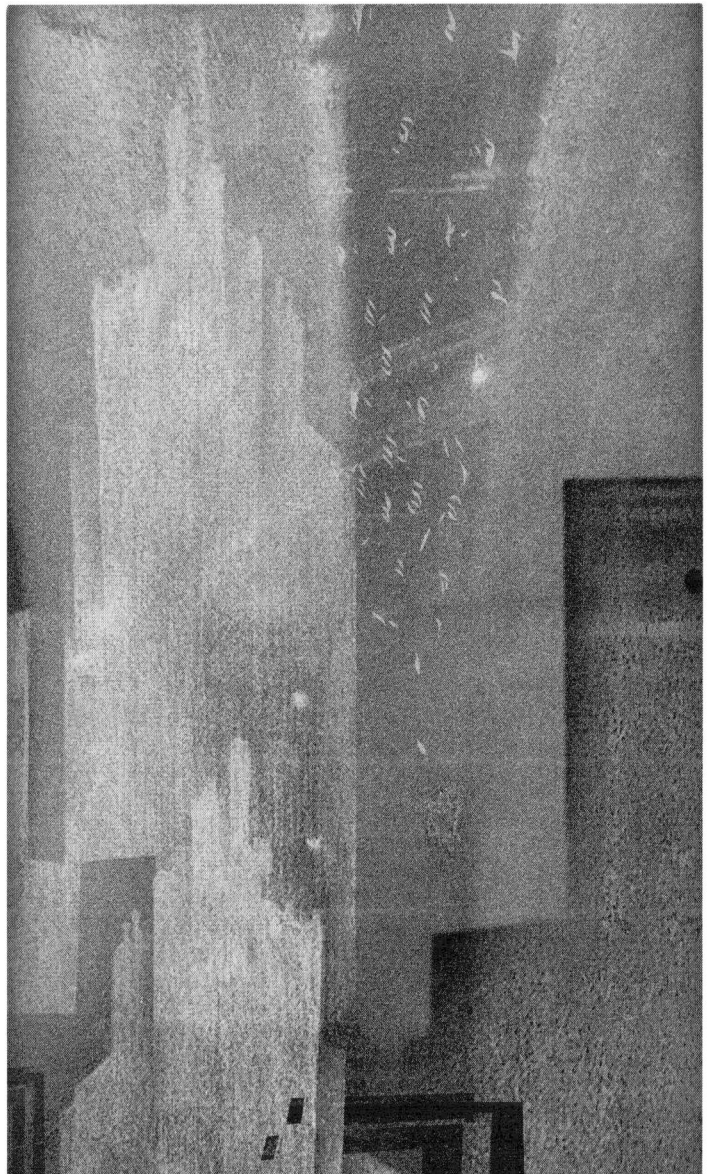

III

Enzo

Erst als die langen Herbstregen den letzten Rest des Sommers fortgespült hatten, fiel ihnen auf, dass Enzo fehlte. *Enzo der Zwerg*, wie sie ihn nannten, *Enzo der Seltsame, Enzo das Gerippe*, weil er so dünn gewesen war, weil sich die Rippen und Wirbel so überdeutlich unter seiner Haut abgezeichnet hatten. *Enzo der Unauffällige*, der *immer Übersehene*. Sie hatten nicht bemerkt, dass er nach den Sommerferien nicht mehr aufgetaucht war und auch in den Wochen danach war ihnen sein Fehlen nicht aufgefallen. Erst jetzt, da sie beieinandersitzen wie damals am Lagerfeuer, da fällt ihnen wieder Enzo ein, der mit glühenden Augen vom Meer erzählt hatte.

Bis in die tiefe Nacht hinein hatten sie um das langsam ausglühende Feuer gesessen und Geschichten und Anekdoten und Witze ausgetauscht, im Sommer, im glänzenden Immer, Elio und Gianni, verletzlich, verführbar, dieser Sommer, als sie gemeinsam auf den Dächern der Häuser schliefen, ihre den ganzen Tag Sonne trinkenden dunklen

Leiber eng aneinander gefügt, als müssten sie einander in die Träume hineinlauschen oder durch die große Nähe jedem Atemzug des anderen folgen, jeder Fuß, jedes Bein, jeder Arm, jeder Laut, der die geringe Distanz zum Anderen überquerte, sagte: unzertrennlich, tiefgeborgen in der Weite der Tage, die sie durcheilten, aßen und schliefen sie gemeinsam, dem Freund stets näher als den eigenen Geschwistern, so dass ihre Eltern selbst sich fragten, ob sie nun, ohne es bemerkt zu haben, Vater und Mutter geworden seien von beiden Jungen, die untrennbar jeden Tag teilten, so dass sie nur noch einen Schatten warfen, einen gemeinsamen Schatten, dass ihre Sprache eins wurde, dass sie sich selbst das Geheimste mitteilten, die ersten Liebeleien, den ersten Kuss, undenkbar, dem anderen irgendetwas davon vorzuenthalten. Diese zwei ... unzertrennbar ... Was träumten sie damals nicht alles ... denselben Traum in diesem Glashaus namens Kindheit, schön verwandelte Geschöpfe ohne Ende, selbstvergessen im Zodiak, zitternd vor Verlangen, einander zu übertreffen in ihren Geschichten.

Nicht weniges davon war erfunden, stark übertrieben. Es war ihnen nicht um das Bewahren dieser Geschichten gegangen, sondern vielmehr, um den Wettbewerb, wer die lustigste Geschichte zu erzählen wüsste, und sie hatten gelacht und einander übertrumpft ... nur *Enzo!*, Enzo hatte bei ihnen gesessen mit diesen glühenden, fast herausquellenden Augen, und hatte nur zugehört, wie es kein anderer von ihnen vermocht hätte. Enzo, von dem sie im Grunde nichts wussten und nichts wissen mussten … nicht einmal, weshalb er überhaupt Teil des Teams war, denn mit seiner Unbeholfenheit, seinen dünnen Beinen, seinen im Verhältnis zum übrigen Körper übergroßen und dabei so ungeschickten Händen und seiner zaudernden Art passte er nicht zu ihnen. Er passte nicht, nicht zu ihnen, zu niemandem.

Es war etwas in ihn gelegt, das ihn unterschied von allen anderen, nicht etwa nur sein glührotes Haar, sondern auch: seine Sprache. Seine hündische Anhänglichkeit, seine Bereitschaft, sich allen zugefügten Erniedrigungen zu ergeben. Aber man darf nichts verschweigen – er gehörte doch zu ihnen, wenn sie ihn auch ablehnten, traten, demütigten und wegscheuchten. Er hielt alles aus und blieb und gehörte zu ihnen, so wenig sie das auch wollten. Sie wünschten ihn sich tot … So sind Kinder.

Er sage es ungerne, beginnt Elio, aber er habe bei Enzo immer über den Begriff des Unscheinbaren nachdenken müssen, was das überhaupt bedeute, unscheinbar, was passiere, wenn man das Wort durchleuchte und auf diesen Enzo anwende.

Und schon lachen sie, lachen laut und voller schlecht kaschiertem Unbehagen, nie zuvor hatten sie nachgedacht über die Bedeutung des Wortes, wenn sie es auch oft im Zusammenhang mit Enzo im Kopf getragen hatten … *unscheinbar* … als sei der Begriff für den schmächtigen Burschen mit dem wirren roten Haar und diesen, wie es schien, immerfort vor Staunen fast aus den Höhlen tretenden grünen Augen eigens erdacht worden … als hole er Luft vor dem Tauchen.

Und einmal, sagt Gianni, sei er zu Hause gewesen bei Enzo, draußen in *Arvane*, er wisse gar nicht mehr genau, wie es dazu gekommen sei.

Doch, er wisse das, erinnert sich Elio. Ob denn Gianni nie bemerkt habe, wie Enzo um seine Aufmerksamkeit *gerungen* habe, wie er, wenn Gianni etwas sagte, besonders aufmerksam hingehört habe …?

Überhaupt: dieses Hinhören. Dieser ganze Mensch Enzo war ja immer vorgebeugt und ganz Ohr. Der ganze Kerl ein einziges Horchen und Hören und Wittern … und er habe Giannis Freundschaft gesucht.

Nein, murmelt Gianni, das habe er wohl nicht bemerkt, obwohl ihm nun auffalle, wie oft Enzo etwas dahergebracht habe, mit dem er seine Aufmerksamkeit habe erringen wollen. Einmal war es ein bunter Stein gewesen, den Enzo in den Bergen von *Fiasale* gefunden hatte, ein anderes mal ein Buch mit bunten Bildern aus Marokko oder eine Schachtel mit nagelneuen Stiften, die er Gianni habe schenken wollen, da er wisse, wie gerne Gianni zeichne … und er habe das Geschenk abgelehnt, sagt Gianni, er habe nichts von Enzo annehmen wollen. »Was bringt diesen Enzo dazu, mir etwas schenken zu wollen«, habe er gedacht, sagt Gianni, und er habe auf die schönen Stifte gesehen und auf Enzo, der mit dieser geradezu unerträglichen Erwartung im Blick die Stiftschachtel aufgeklappt vor ihn hingehalten hatte wie ein Vertreter, und er habe es durchaus als richtig empfunden, nein zu sagen. Dann aber habe er, als er die maßlose Enttäuschung über Enzos Gesicht fluten sah, zumindest eingewilligt, ihn einmal zu besuchen in diesem traurigen Nest Arvane, weit draußen vor der Stadt.

»Ich weiß es wieder!«, erinnert sich Elio, »wochenlang hat er dich verfolgt, war dein Schatten … immer wieder sprach er davon, dir etwas Besonderes zeigen zu wollen. Du überhörtest ihn, aber ich erinnere mich, wie er sich danach sehnte, von dir ein Zeichen zu erhalten, ein Zeichen nur, dass du ihn anhören würdest …«

Er habe keine Lust gespürt, die Einladung anzunehmen, ganz ehrlich müsse er sagen, gesteht Gianni, dass er Enzo als zudringlich und lästig empfunden habe und diese Einladung, nur an ihn allein gerichtet, etwas von einer Absurdität an sich gehabt habe, außerdem, das wüssten sie ja wohl alle noch, sei er damals mit Giada zusammengewesen, da habe er keine Zeit für Lästiges erübrigen wollen …

»Lästig, ja«, sagt Elio, lächelnd, verlegen, unauffällig das Wort prüfend, »lästig, ja, aber warum fanden wir einen lästig, der doch unauffällig war … den wir immer übersahen?«

»… und der immer in unserer Nähe war«, erinnert sich Gianni. »Eine schnurgerade Straße ohne etwas Schönes«, erzählt Gianni weiter. Sauergeruch, Steingeruch, Staubgeruch, Vorstadt-Wohnkasten an Wohnkasten, wie herausgewachsen aus staubigem Gras, da ging doch keiner hin, der nicht musste. Dieses Arvane stand da wie ein Gefängnis aus Vorzeiten, da waren die nachlässig gespannten Seile mit der zum Trocknen aufgehängten Wäsche und das Geschrei der Kinder, die, den ganzen Tag auf sich allein gestellt, hinter den Häusern ihre eigene Welt voller rauher Sitten besaßen, ab und zu stürzte eines vor ein Auto oder in einen Brunnen.

»Arvane«, sagt Gianni, »war ein Schimpfwort. Ich erinnere mich, dass meine Eltern niemals darüber sprechen wollten, und wenn sie es doch taten, dann mit Begriffen wie ›verkommen‹ und ›widerlich‹ und wer dort lebte … der lebte dort als Unfall, als Fehler, jenseits unserer Welt …«

Er habe sich schon beim Betreten des Hauses unwohl gefühlt, erinnert sich Gianni: »Der Himmel schimmerte seltsam eindringlich – scharfes weißes Licht, Silberschwall, völlig wolkenlos und blank. Wir betraten einen der Wohnkästen, den Bauch eines Ungeheuers, eine schwarze Höhle, in die wir sechs Stockwerke hinauf über hölzerne, blankgescheuerte Stiegen hinaufkletterten, zu denen kaum Tageslicht drang und wor man, lauter als anderswo, die Stimmen der Bewohner hörte, ihren Zank und im dritten Stock ein untröstliches Weinen …«

Enzo hatte ihn, als er stehenblieb, rasch weitergezogen, hinauf in den Bau seiner Familie, wo Giannis Unwohlsein noch zunahm, denn die Mutter Enzos öffnete schon die Tür, da waren sie kaum oben angelangt. »Eine kleine, zersorgte, irgendwie ausgedörrt aussehende Frau«, erinnert sich Gianni, »wenn es überhaupt möglich ist, dann war sie noch dünner und unscheinbarer als Enzo, ein Gespenst, das war mein erster Gedanke. Sie bat uns herein in die Wohnung, die klein und eng und vollgestellt war mit altmodischen, abgescheuert aussehenden Möbeln, alten Vorhängen aus steifem Stoff, und dieses Gefühl: wegwollen, sofort wieder wegwollen. – Und die Mutter brachte uns Limonade. Wie Enzo hatte sie diesen etwas vorgebeugten Gang, als sei sie im Begriff, sich nach der Manier der Diener im nächsten Moment tief zu verbeugen. Wir setzten uns einen Augenblick, wir tranken die Limonade, die wirklich ausgezeichnet schmeckte, und wir sprachen kein Wort und, wie unheimlich, die Mutter blieb die ganze Zeit neben uns stehen, sah uns beim Trinken zu und hielt die Hände ineinander verschlungen, als erwarte sie … *Anweisungen* … oder auch nur die Bitte, sich zu entfernen. Und Enzo bemerkte mein Unbehagen und zog mich in seine Kammer, die nach Süden hinausging und vollgestopft war mit Trophäen, nicht seine eigenen, wie er mir schnell versicherte, sondern Trophäen seines Vaters. Es ist kaum zu glauben«, sagt Gianni, »es waren alles Trophäen von Sandro Maiga, dem großen Rennfahrer, den sie seiner kleinen Statur wegen immer Piccolo Drago, kleiner Drache, nannten.

Ein bisschen verlegen habe Enzo ihm zu jedem Pokal etwas erzählt und dann auch von dem Rennen von 1938 berichtet, bei dem der *Kleine Drache* gegen Silvio Montara unterlegen war und bei dem es zu dem Unfall kam, der Sandro Maiga das Leben kostete.

Einen Moment lang hätten sie schweigend und irgendwie betroffen beisammen gestanden vor diesem Pokal, sagt Gianni, und der Pokal habe etwas von seinem Glanz und seinem Wert verloren, als sie wohl beide daran dachten, dass ein ausgelöschtes Leben dahinter stehe, und Enzo, der sich ängstlich sorgte um die Stimmung seines Gastes, habe eilig eine Schublade aufgezogen, worin er noch mehr Versteinerungen und Mineralien aus den Bergen von Fiasale hatte.

»Ich konnte es nicht verhindern«, sagt Gianni nach einer kleinen Pause, »dass mich die verstaubten und in meinen Augen alle gleich aussehenden Kiesel ekelten, dieses wertlose Gerümpel, und ich erinnere mich, dass ich Enzo sagte, diese Steine interessierten mich nicht … Wen könnte dieses Zeug überhaupt interessieren, habe ich gesagt, dieser Mist, den man an jedem Wegrand und auf jedem Acker liegen sehe!«

»Und ich erinnere mich jetzt«, setzt Gianni hinzu, »dass er mir, nachdem er seine Fundstücke gezeigt hatte, berichtete von den Spaziergängen mit dem Vater in Fiasale, die einzigen Spaziergänge, die er mit dem Vater gemacht habe vor dem fatalen Rennen … und ich erinnere mich, wie er langsam die Schublade zurückschob, dann still dastand, ein wenig vorgebeugt wie seine Mutter, und etwas sagte wie: Er habe mich nicht langweilen wollen, natürlich seien es nur alte Steine, an denen gar nichts Besonderes sei. – Auf dem Heimweg«, endet Gianni, »war in mir eine akute Empfindlichkeit, ein quälendes Unwohlsein ohne Gegenstand, der Heimweg schien viel länger zu dauern als die Fahrt hinaus, und ich weiß noch, dass ich zu Hause wie erschlagen auf mein Bett fiel und einen maßlosen Hass auf Enzo und seine Mutter und auf die Enge ihrer Wohnung und alles, was darin war, verspürte und dass ich zugleich wegen dieses

Hasses ein schlechtes Gewissen hatte, denn was hatte er mir schon angetan, der kleine unscheinbare Enzo, der mir nur die Pokale seines Vaters gezeigt hatte?«

Elio gesteht, dass er ähnlich empfunden habe, als Enzo einmal eingewechselt worden sei und sofort den ersten Ball, der ihm in die Hände kam, fallen ließ, und dass er, Elio, ihn angeschrien habe mit einem so plötzlich und maßlos hochbrandenden Zorn, in dem viel mehr steckte als nur der Ärger über einen verlorenen Ball. Es war der Ärger über einen, der nicht dazupasste, der dennoch immer dabei war, der nie aufgab, der keiner Schande aus dem Weg ging.

»Ja«, sagt Elio, »das war es, was mich an ihm so reizte, dass er alle Zurückweisungen, jeden Spott und jedes böse Wort einfach einsteckte, als habe er es lange schon erwartet, als gehöre das zu ihm, ohne jemals etwas zurückzugeben. Kannst du dich erinnern, dass er jemals etwas Böses sagte? Dass er uns auch nur einmal ein Schimpfwort zurückgab oder einmal nur sich zur Wehr setzte gegen alles, was wir ihm zumuteten?«

Sie konnten sich an keinerlei Gegenwehr erinnern. War nichts übrig als: wortloses Weiterleben?

Wann war er fortgegangen?

Sie fanden die Wohnung in Arvane ausgeleert vor: Eine leere Hülse, an den Wänden die Lichtränder um verschwundene Möbel und Bilder, niemand hatte sich die Mühe gemacht, die winzige Wohnung abzusperren.

»Weg«, sagte ein Nachbar, »die kommen, die gehen, wer soll sich schon die vielen Namen merken?«

Keiner der Bewohner des Hauses wusste etwas vom Verbleib der Familie Maiga. Man erinnerte sich wohl an Enzo, der auf seinem Fahrrad wie ein Besessener Runde um Runde in den Gassen gedreht und davon geträumt hatte, einmal ein Rennfahrer zu werden wie sein Vater … Mehr aber erinnerte kein Mensch, oder es war keinem danach zumute, etwas zu erinnern. Vor dem Haus tanzten Mücken im Staub, lang starrten sie in die sommerlich flimmernden Staubteilchen, als könnten sich ihnen darin Bilder oder eine verborgene Botschaft zeigen. Ging dort nicht Enzo, am Ende der Straße, glühte im harten Lichtkeil der schmalen Straße nicht sein Rotschopf?

Er trat aus dem Licht in den Schatten, verschwand endgültig aus ihren Augen.

Ohne den Wunsch, sich zu unterhalten, fuhren sie zurück in die Stadt, so stumm wie ihre Rückreise war ihr Abschied am Bahnhof, wo sich die Laute der Motoren und Maschinen, die Rufe der An- und Abreisenden, die Liedfetzen aus Radios, die Lieder der Straßenmusiker und die Rufe der schwärmenden Tauben und Rabenvögel zu einer leichtsinnigen Melodie verflochten.

IV

Das flüchtige Licht

Geborgt war dieser letzte Sommer, jedes Grillenzirpen, jede Umarmung, jedes Lachen, jeder kleine Abschied – geborgt aus einer Unendlichkeit, die sie wahrnahmen wie die Menschen die Atome wahrzunehmen imstande sind, aus denen bestehen. Ja, Bilder sind die Menschen, überraschend leicht skizziert, gewichtlos, so gehen manche Leben vorüber. So vergingen die letzten Tage, die ihnen gemeinsam gegeben waren und sie wussten, dass es die letzten gemeinsamen Tage waren. Sie trieben dem Abschied entgegen und manchmal gab es ihrem Spiel einen unvermuteten Zorn, schärfte ihre Worte, wenn sie nicht wussten, wohin mit dem unaussprechbaren Trennungsschmerz: ein dunkles Dröhnen unvollendeter Gedanken in der Kupferschale morgendlichen Schlafes. Sie schwammen im Fluss, der keine Abkühlung bot, sie versanken in Musik, die sie in sich versunken anhörten, und wo sie zuvor laut mitgesungen, mit ausgebreiteten Herzen jedes Wort mitgetanzt hätten, da saßen sie nun voreinander, den verführerischen Melodien ausgesetzt.

Angeregt sprachen sie von Ländern, die sie nie gesehen hatten, belogen einander voller Lust: was sie sehen, was sie schmecken, wem sie Küsse schenken würden, worin sie unübertrefflich sein würden, bald, dort draußen, im Niegewesenen. Und als der letzte Tag eingetroffen war, als sie voreinander standen an jenem Tag, als Elio ging, als sie das letzte Mal gemeinsam durch ihre Stadt liefen, sich verabschiedeten von allem, von Erinnertem und Erträumtem, von Verlorenem und Gewonnenem, als sie die Füße hoben von dem Erdreich, das sie so lange an sich gebunden hatte, da schwor Gianni: »Wir werden uns niemals aus den Augen verlieren, versprich es.« Er sagte auch: »Wenn wir einander doch einmal verlieren, müssen wir uns hier wiederfinden. In dieser Straße! Vor den Häusern und Plätzen unserer Kindheit.«

Und obgleich es noch hoher Sommer war, war ihr Sommer bereits eine gelbe Erinnerung an die Weite, an ihre Freiheit, an zufrieden in die schattigen Innenhöfe zurückgezogene Stille, an Küsse zwischen hohen kühlen Steinbögen … und an das Eis aus der Gelateria von Spucinos Onkel, an das Summen der Ventilatoren in den Fenstern, an das eilige Summen von Rollern und Lastkarren in einer unbestimmbaren Ferne.

»Wir müssen uns hier wiederfinden.«

Und dann ging Elio als Erster und es folgten ihm Spucino und Aurelio und ein Junge aus der Straße nach dem anderen und, ein Jahr später, schließlich auch Gianni. Selbst für

ihn war die an Geheimnissen und Verlockungen so über-
reiche Fremde zu verführerisch geworden.

Im Zug in Richtung Norden dachte er an diesen letzten gemeinsamen Sommer, in den alle zuvor verglühten
Sommer eingingen als kostbarer Schmerz. Die Stadt seiner Kindheit war mit jedem Atemzug kleiner geworden und endlich ganz verschwunden und mehrmals
musste er sich die Traurigkeit aus dem Körper schüt-
teln, weil alles unersetzlich und nichts sein Eigen war.
Aber auch dieser Schmerz verging und wich der Freude.
Jetzt konnte er überallhin gehen.

V

Enzo
Ein kleines, kleines Gewicht

Am Tag glüht sein Leib: hart gespannt, hart und grell. Er setzt durch die Straßen, das ist sein Weg, sein Zuhause, überall kann er sich frei bewegen, *permesso*!, teilt die Menschen, dicht an dicht, durch die er schreitet frei und stumm, aufrecht, *hier*! Er verdirbt, irritiert, *permesso*!, beschmutzt die Postkartenidyllen, beschmutzt die Fotolinsen, die Ansichten anderer, die dahin gehen, um den Dom zu sehen, die Kirchen, die Ecclesiae, die Spezereien, die Stadtmauern, die Parks, dahinter die Suburbiae, dahinter die Berge von Abfall, Bäume aus Plastikfolie, das Glitzern der Geschirrscherben springt bis ins Mark der Stadt. Manch Seltener nimmt auch ihn, *permesso*!, ins Bild, ein Straßenkind, das lächelt, im hellen Licht zücken sie ihre Fotoapparate: *Blitz! Licht!* Erinnerungssammler, Sehnsuchtspilger, diese Touristen: Menschenmenge, wunderbegierig, wimmelnd, lärmend, viele einzelne, bunt aus zehntausend Ländern, Menge und Schweiß: wächst stetig – dieses Himmelsgewölbe!, explodierende Schönheit, ein Meer über uns. Geht euch das auch so? Oder kommt das allein von mir? Ein Wagen fährt hindurch, schwarz, mitten am Tag durch die Masse, die Märkte, in der Sonne, und er steht da, er ist eine Mauer, vor welcher der Wagen anhalten muss, so steht er vor der großen heißen Maschine, der Hingestellte, Dastehende, die Schattenfront, starrgesichtig …

So war das, vor einem Tag, vor einem Jahr, vor einer Ewigkeit: die Mutter, seine Mutter,

der Wagen,

er,

der Wagen,

sie darunter –

der Wagen fort, die Mutter fort –

lebend der Mörder,

er – machtlos vor den Maschinen, den Fahrern, der Masse, mittendrin, als er wegstrauchelt, fällt, liegt, beliebig auf einer Straße, heißer schwarzer Stein, dem er seinen Körper anvertraut, über den er seinen harten Leib spannt, kleiner Schatten, der horcht, den man anguckt, der warten lässt, dauert.

Da lebt er: Nichtüberfahrener, Überlebender. Hindernis. Wünscht sich nicht lebendig, wünscht sich nicht tot. Die Finger möchten greifen, die Augen fest sich schließen, hier, mitten am Tag. Und da sagen sie: *Kann man helfen, kann man ihn nicht entfernen?, dürfen wir uns abwenden?*

Da ist der Omnibus, er ist im Weg, der Omnibus kommt nicht voran, muss warten.

Sie stoßen ihn: *Auf! Weg! Geh!*

Er ist äußerlich ohne Verletzung, so setzt man ihn ab, der sich in Fahrt- und Schrittziele stellte, vergisst ihn, ein Hindernis, eine Sache, mitten am Tag, vor den Mauern, den wie korsettiert aussehenden Palazzi, den feisten Kirchen, den kolossalen Leuchtreklamen: Die Finger zucken und nehmen das Geringste, das ihnen zufällt, nehmen die milde Gabe, den Centime, den Groschen, den Pfennig, den Dollar, den Hosenknopf, den man lachend ihm ins Gesicht wirft, flatternde Laute, Silben, die ihn zermahlen: *Strolch, Gossenfigur, Dreck, Schmutzkind*, bis zur Erschöpfung.

Er sagt: »Als ich klein war.« Lacht.
»Als ich kleiner war.
Als ich nicht war.«

Muskel eines Vergessens.
Dasein, das nichts enthält, was andere brauchen könnten.

Eine kleine, kleine Erinnerung: Licht, Dunst, aufgeplusterte Häuser, verschattete Plätze, Gras aus den Ritzen der Trottoirsteine. Kühl die Klänge, strahlend das Licht. Er klein, mager, fast unterernährt, hell, schimmernd, allein auf dem glatten und trockenen Platz, die Kirche rechterhand, große, große Stätte: Ein Hohlraum, zu groß für das Kind, zwischen den Klagefrauen, die sich bekreuzigen: Leiber aus Stein, drängend, ihre harten Rücken, wenn sie sich bekreuzigen, murmeln, ihre prallen, schwarzbestrumpfen Beine auf dem hellen Kies der Nekropole, bunte

Namen auf Marmor, Granit, Gneis, hinten die Holzkreuze, die Kindergräber, Bänke voller Leute, dazwischen er, das Kind, vogelgroße schwarze Augen, die umhergehen unterm schwarzen Wimpernschirm, tragen den Körper unter sich, an das Loch, das da nah ist, vor dem er scheut, kommt nicht mehr los. Die Welt hört auf. Zorn blitzt im Auge, verwundbar nah in Übermacht. – Ach, diese Stadt: Die Klagefrauen heben die Köpfe in die Sonne, gehen im Kreise, der Leib wird versenkt, der Leib der Mutter. Bekreuzigungen.

Die schwarze Erde, die Sonne in seinem Kopf, der Zorn im Auge, bis er zerbrochen wird. – »Ein schwarzer Wagen war's«, ruft er, »schwarz«, da ist kein Fortkommen – ein Gefangener ist er, geht irr, wie fortfahren?

Enzo weint nicht, erlaubt es nicht.

Eine kleine, kleine Erinnerung: die dampfenden Spaghetti in der großen Schüssel, draußen das Prasseln, die Nässe, und dann hörte es auf, schlagartig kam die Sonne heraus, plötzlich dieser schmerzhafte Glanz, Himmel und Erde in der Küche, und er neben der Mutter: atemlos, andächtig am offenen Fenster, hinauswarten, auf den Vater, warten, warten, während die Hand der Mutter ihm auf der Schulter lag, ein kleines, kleines Gewicht, das er nicht vergessen wollte …

VI

Enzo
Straßen aus Holz und Licht

Du sagst, es gebe alte Seelen;
ich sage, es gibt nur eine Seele,
die wir uns teilen,
darum lieben
und darum töten wir.

Eingehüllt in die Hitze eines bösen Traums, eines elektrischen Traums, erhob er sich: Glühend, nass und fiebernd. Er sagte sich, dass dies ein Traum sei und dass er Kälte und Verlassenheit, die ihn schüttelten, aus diesem Traum mitgebracht habe. Ein nicht endender Augenblick des Erwachens, in dem er realisierte, dass jede Erinnerung in seinem Kopf, jeder Schmerz in seinem Körper nicht erträumt war, sondern alles, was er in den letzten Jahren erlebt hatte, wirklich stattgefunden hatte. In diesem Moment zwischen Schlaf und Erwachen war er aus dünnstem Papier in dieser Stadt voller feindlicher und verdächtiger Menschen, die nur darauf warteten, dünnes Papier zu zerreißen. Wenn er auf einer Bank oder in einem leeren Gebäude einschlief oder wenn ihm nach einem langen Tag in einer Straßenbahn, für die er kein Ticket gelöst hatte, der Kopf auf die Brust sank und jemand ihn unsanft ins Wachsein zurückstieß, oder wenn er, weil ihm die Beine nicht mehr gehorchten, in einer Nische in der kalten Mauer eines alten Gebäudes sich zusammenrollte, konnten ihm die Gedanken an seine Kindheit, an die verlorenen Eltern, an die einstige Geborgenheit keinerlei Wärme mehr spenden. So schlief er ein, Tag um Tag, Jahr um Jahr, nein, er schlief weniger, als dass er in einen Zustand des Dahindämmerns glitt, in dem die Sinne des Körpers dennoch geschärft in die Umgebung lauern, während der Leib sich im Grenzbereich des Todes aufhielt.

Die langen Wanderungen durch seine Stadt kannten nur die Grenzen der Erschöpfung, weshalb sein Gang in den Stunden der Dämmerung eigenartig steif und lächerlich wirkte. Doch er hatte gelernt, diesen Zustand des Zusammenbrechens zu schätzen, denn sein Gang erinnerte manchen Passanten an den Gang eines Kindes, das seine ersten Schritte macht, oder an die stolpernde Gehweise eines von einem Krieg beschädigten Menschen, und da sie nicht wussten, ob er noch ein Kind, ein beschädigter Veteran oder nur ein aus allen Sicherheiten Gestürzter war, warfen sie ihm ab und zu ein paar Münzen hin. Einmal, als er sich in diesem Zustand durch einen dichten Regen gekämpft hatte, da hatte einer ihm die Hand gereicht, ihn hochgezogen und ihm die Tür eines Bistros gezeigt, dorthin waren sie gegangen. Und der Mensch, der ihm aufgeholfen hatte, legte Geld auf einen Tisch und erklärte dem Wirt, der den abgerissenen nassen Jungen sofort abgewiesen hätte, wäre er von sich aus hier erschienen, wie einem Kind, er solle dem Jungen so lange zu essen reichen, bis das Geld erschöpft sei. Menschen dieser Art traf er selten an.

Er hatte gelernt, niemanden direkt anzusehen, diese Art von Zusammenprall mit einem Verlorenen wie ihm schätzte niemand, niemand wollte wissen, dass es solche wie ihn gab. Tagsüber erwärmte er sich auf den Trottoirs, und wo ihm nachts die Kälte mit tausend scharfen Nadeln durch die Haut gedrungen war, tröstete nun die Wärme der Sonne, und so ging er, bis er nicht weiterkonnte, er ging, wie er gehen müsste, wenn er es nur verstünde, aus all dem, was er sah und was die Stadt ihn fühlen ließ, Kraft zu gewinnen: Er tauchte ein in die raschen Ströme der Menschen, die ein Ziel hatten. Er folgte ihrem Tempo, er folgte ihnen überallhin und sah sie gern in den neuen Gebäuden der großen Banken und Unternehmen verschwinden, er neidete niemandem etwas, er hatte vergessen, wie man neidete, so, wie er vergessen hatte, wie es war, in einem Bett zu schlafen oder in Eile irgendwohin zu gehen, weil man dort erwartet wurde. Seine Gedanken waren ungelenk, grob, unscharf, so dass sie, hätte er sie in einen Satz münden lassen, erschreckend oder rauh geklungen hätten, vielleicht sogar böse für den, der aus seinem abgerissenen Erscheinungsbild schließen wollte, dass er ein ehemaliger Zuchthäusler wäre.

Das Sprechen hatte er verlernt, ihm wurde die Zunge steif, wenn man ihn ansprach. Und hatte er sich doch einmal entschlossen zu antworten, einige Worte ausgesucht und zu einem Satz geformt, so war es nie der Satz, den er aussprechen wollte. Er merkte es, wenn er sprach: Er eignete sich nicht mehr dazu, Worte auszusprechen, und so ließ er es sein und zog es vor, durch den Körper der Stadt zu kreisen, bis dieser Körper träge wurde und sich, für einen Moment in tiefster Nacht, wie der Leib eines schweren Tieres niederstrecken ließ von Dunkelheit und Müdigkeit. Jeden Morgen erwachte er gemeinsam mit diesem Leib, lang vor dem Morgengrau, wenn alles noch eingehüllt war in Nebel und Kälte, wenn die Vögel erwachten und alle Straßen und Plätze ihm noch allein gehörten und die Luft leicht war, frei noch vom Staub des Tages, vom Ruß der Fabrikschlote und dem klebrigen Dunst der Maschinen, dem Gestank faulender Abfälle.

Seine blinden Wanderungen trugen ihn an Orte, die vielleicht niemand außer ihm kannte. Er fragte sich vergnügt, warum er diese Orte gefunden hatte, warum er diese Wege gegangen war, hätte er doch auch ganz andere Wege gehen können.

Eines Tages verirrte er sich: Hinter den aufgerissenen Wänden der *Borgata*, den niemals fertiggestellten, von den Menschen als Steinbruch benutzten Ruinen der Mietshäuser, stieg er hinab in den Styx, eine von wildem Gesträuch bestandene Kluft zwischen halb eingerissenen, von Sonne

gedörrten und ausgebleichten, von Pflanzen aufgespreng-
ten Mauern, die sich unvermutet öffneten. Plötzlich war die
Stadt fort, war alles Menschliche fort und er war allein, eingehüllt in den Lärm der Sommerinsekten, der Zikaden, der
feisten Heupferde, die, so schien es ihm, unter die Geräusche der Stadt eine die Nerven aufreißende immer gleiche
schabende Melodie pumpten.

Da stand er nun, ohne zu wissen, ob die Stadt sich in
seinem Rücken oder vor ihm befand, er sah nicht einmal
mehr die Böschung, die ihn in diesen Grund hinabgeführt
hatte, und – seltsam genug – er sorgte sich nicht, sondern
ging weiter. Was wartete schon auf ihn? Ein Zimmer, klein
und eng, darin nur weniges, was ihm noch gehörte. Um
sich durchzubringen, hatte er bis auf die Medaille, die er
immer verborgen auf der Brust trug, alles verkauft, nur um
zu essen und einen Platz zum Schlafen zu haben.

Nun kam er an den Fluss, der hier ganz anders aussah als in
der Stadt, breiter war er hier, heller und – gefährlicher, das
sah er gleich. Schneller floss der Fluss hier als in der Stadt
und es gab keine lärmenden jungen Männer, die mit kleinen Booten darauf entweder Waren transportierten oder
ein Mädchen entführten. Er ging eine Zeit lang flussab-
wärts, versunken in den schabenden Lärm der Insekten, die
ihm wohltuend jeden Gedanken zersägten, und sah erst auf
und hatte einen Blick für seine Umgebung, als er jemanden
rufen hörte: »Halt, er zerschießt uns die Aufnahme – verdammt, wer ist das? – Trottel! – Weg da! He! Troll dich,

Idiot!« – und dergleichen unflätiger Schimpfkanonaden mehr. Und weil er nicht wusste, was er kaputt machte und was er »zerschoss«, warf er sich auf den Boden, und ein lautes Lachen folgte seiner Bewegung.

Das dürre Gras raschelte, jemand bog die hohen Halme des Unkrauts beiseite und sah hinab auf ihn wie auf einen biblischen Fund: Es war ein feistes, gleichwohl freundliches Gesicht, gerötet von der Hitze, und er, immer noch flach daliegend, sagte, weil ihm nichts Passenderes einfiel: »Guten Morgen.«

»Das will ich meinen, dass das ein guter Morgen ist«, sagte der dicke Mann, »rennst mir ins Bild, dass ich alle Schauspieler neu hinstellen muss – du ahnst ja nicht, wie dumm Bertolino ist, das ist der Hübsche da drüben – ja, hübsch ist er und dumm ist er – er will was von mir, du weißt schon, aber ich mag nicht! – Aber die Frauen mögen ihn, noch mehr mögen sie ihn auf der Leinwand – es ist egal, was wir drehen, solang Bertolino dabei ist und seinen Kamm vor den Hühnern aufstellen kann … Und du bist ein Landstreicher – eine traurige Gestalt gibst du ab, aber, he, dreh mal den Kopf zur Seite, du Vogelscheuche – ja, das ist gar nicht übel – he, Orlinksi, komm mal her, ich hab was gefunden – schau dir das an«, rief der Dicke fast schon außer sich und fasste seinem Fund unters Kinn. »Sieht der nicht aus, wie ihn Marco in seinem Drehbuch beschreibt?«

»Wen beschreibt?«

»Na, den Landstreicher, den abgerissenen Bengel, der unserem feinen Bertolino erst die unmenschlich teuren

Schuhe putzt und sie ihm dann von den Füßen wegklaut und damit wegrennt – ja, nun schau dir *den* mal an, der sieht doch genauso aus, wie es da im Buch heißt: eine schöne Vogelscheuche mit Lockenkopf – das ist er!«

»Na, lass ihn uns mitnehmen, vielleicht kann man ihn verwenden«, sagte der, der Orlinksi gerufen worden war und der sich, obgleich ringsherum alles trocken und von der Sonne bis zur Selbstentzündung aufgeheizt war, in aller Ruhe eine Zigarette anzündete und das Streichholz achtlos irgendwohin warf. »He«, rief der Feiste, »willst du uns alle verbrennen?« Dann lachte er und seinem »Fund« erklärte er: »Es hat hier lang nicht mehr geregnet, weißt du, ein falsches Wort setzt schon alles in Brand, beim Film ist alles aus Holz und Spucke … Sein Streichholz aber ist göttlich, Orlinksi ist von Gott gesandt, weißt du, wenn der mal was falsch macht, ist das immer noch richtiger als alles, was wir ›Sterblichen‹ verbrechen – eine Hölle gibt's für den feinen Orlinksi nicht, er wandelt auf Wolken, der Orlinksi, wenn das sein Name ist … Der Teufel würde ihn nicht in die Hölle lassen … hätte zu viel Arbeit an ihm … und sieh nur, wie er sich jetzt wieder um unsere Schönen windet – freilich meine ich nicht die Mädchen, puh, natürlich meine ich die Jungs, denen er lieber noch als ins Gesicht auf den Hintern schaut – ja, nun schau mich nicht so an, steh endlich mal auf, du Fundstück, und komm zu uns herüber … dass wir dich entlausen und vor die Kamera stellen können. Hast du eine Sprache, du schmutziger Vogel? Kannst du sprechen? Sag etwas und schau nicht nur!«

Luisa hieß die, die ihn, den dreckstarrenden Straßenköter, mit samtenen Händen säuberte und die lachend feststellte: »Du hast ja Haare, rote Haare, und gar keine schlechten, das sah vorher aus, als wär das alles Draht …! Und hübsche Augen hast du auch«, sagte sie leichthin und merkte nicht, wie er den Blick senkte und nicht wusste, wohin mit diesen Augen und den Händen.

Sie gab ihm *Filmkleidung*, wie sie es nannte, alles ganz sauber, nicht durchweg passend. »Aber doch irgendwie hübsch anzusehen«, schwor sie, während sie ihm seine Vogelscheuchen-Staffage anpasste, »hier müssen wir etwas umnähen, deine Beine sind so lang …« Sie drehte und wendete ihn. »Ja, wirklich, schöne Augen hast du«, fand sie, »dein Mund ist auch nicht schlecht, dieser Bogen da gefällt mir, und wie die Oberlippe hier etwas vorspringt … Aber sag mal, kannst du auch etwas sagen? Du bist ein stummer Fisch!«

Als er nichts sagen, sondern nur den Blick senken konnte, lachte sie, nicht böse, nicht über ihn, sondern über den Moment, der sie in dem mit Kleidungsstücken und Spiegeln vollgestopften Bauwagen am Rande einer unwirklichen Szenerie an der Stadtgrenze zusammengeführt hatte. Sie fuhr ihm durch das gewaschene Haar. »Wie heißt du eigentlich?«, fragte sie und gab ihm, weil er sich stumm gestaunt hatte, einen Stüber. »Redest du nicht mit mir?«

Und da platzte er auf, da hob er sich und rief: »Enzo. Enzo heiße ich!«

Und sie lachte fröhlich: »Oh, er spricht!«, und setzte nachdenklich hinzu: »Gar kein schlechter Name, finde ich.« Sie setzte ihm einen Hut auf. »Ich bin für alles zuständig, was Maske ist, ich schminke, ich suche Kleidung aus, ich nähe ... aber ich mache auch alles andere, was sie hier brauchen, ich tröste, ich höre zu, ich verdresche sie, wenn sie es brauchen ... Sie sind Kinder, weißt du, sie alle spielen und vergessen alles um sich herum«, und sie malte ihm rote Wangen und dunkle Schatten unter die Augen. »Jetzt siehst du richtig schön traurig aus«, fand sie. »Du auch«, erwiderte er. Da prustete sie, lachte aus und stieß ihn, bevor er sich kränkte, rasch hinaus ins Sonnenlicht, in die Hitze zurück, und der, den er als Orlinksi kennengelernt hatte, sammelte ihn auf, stieß ihn vor sich her zum Regisseur, einem kleinen Mann, dessen mächtiger Kopf auf einem viel zu zierlichen Körper thronte, dessen Augen zwar von schwarzer Sonnenbrille verborgen waren, deren scharfen, intelligenten Blick er dennoch spüren konnte. »Voilà«, sagte Orlinksi, »unser Stadtstreicher ... er sollte aus der Gosse sein und das ist er, verehrter Monsignore: Direkt vom Asphalt weg haben wir ihn gepickt und Luisa hat, wie man sehen kann, ein wahres Wunder an ihm vollbracht! Der sauberste verlauste Straßenbengel, der sich finden lässt!«

Der *Monsignore* Genannte war der Regisseur, das hatte er bald begriffen. Der Monsignore saß in einem prunkvollen Stuhl und wurde immer herumgetragen. »Kinderlähmung, als er sieben war«, erklärte ihm Orlinksi ins linke Ohr flüsternd, »sprich ihn niemals darauf an.«

Der Monsignore hatte ein Volk aus nervösen Darstellern und flinken Maskenbildnern, ehemaligen Boxern und Dirnen, Köchen und Köchinnen, Waisen und Staatenlosen, gelassenen Kameraleuten und verträumten Ausleuchtern und einem halben Dutzend Assistenten durch Gesten im Griff. Eine mit gestrecktem Zeige- und Mittelfinger erhobene Hand bedeutete: Noch einmal. Ein Daumen aufgereckt: Sehr gut. Nur der kleine Finger: Ihr treibt es zu weit. Die flache Hand ins Licht gedreht: Hervorragend. Rasch erhobene, womöglich leicht gekrümmte Hand: Achtung! Rollten sich die Finger zur Faust: Gleich wird einer gefeuert!

»Früher war er wirklich mal ein Monsignore«, flüsterte Luisa ihm zu, als er seine erste Szene gedreht hatte. Er hatte nicht mehr tun müssen, als durch die Kulisse eines Straßenlokals zu gehen, nicht mehr, nur zwischen den Tischen hindurchgehen, mit offenen Händen. »Wie zum Gebet«, hatte der Monsignore gesagt, »halte die Hände offen zum Gebet und man wird Münzen hineinwerfen.« So war er durch dieses Straßenlokal gegangen wie befohlen, echtes Essen und echter Wein hatten vor den Komparsen gestanden, und er hatte direkt in die Kamera gesehen, ganz direkt hinein, wie es der Monsignore wünschte. »Diese Augen«, sagte der Monsignore, »ganz fabelhaft, diese Augen!«

Er hatte nichts gemacht, fand er, doch der Monsignore war aus ihm unerklärlichen Gründen überaus zufrieden, hob den Daumen, legte den Kopf schief, als müsse er den »Fund« noch einmal ganz genau betrachten, oder überhaupt zum ersten Mal. Dem Orlinski schwamm ein Lächeln ins Gesicht, jemand begann zu applaudieren, der Rest setzte ein. Verlegen applaudierte er mit, wem oder was auch immer hier Beifall gespendet wurde.

Er spürte sein Gesicht rot werden. Wo war er hier nur gelandet? *Alles Verrückte.*

Sie saßen, als die Sonne sank, um ein Feuer, der Monsignore etwas abgerückt, als Einziger in einem Stuhl sitzend, während der Rest, die Schauspieler eingeschlossen, auf der Erde saß. Weinflaschen gingen von Mund zu Mund, einer spielte auf einer Gitarre, ein anderer sang dazu, bald sangen sie alle, auch er sang. Er kannte das Lied, es machte ihn traurig. Er konnte nur die Hälfte singen, die andere Hälfte über war er damit beschäftigt, die Tränen in den Augen zu behalten.

Luisa hatte sich neben ihn gesetzt. »Und du?«, fragte sie, »lebst du wirklich auf der Straße, hast du kein Zuhause, wie alt bist du eigentlich?«

Und er hatte gestottert: »Jaja, kein Zuhause, siebzehn, fast achtzehn.«

Und sie sagte: »Ah, fast achtzehn schon«, dann war die Weinflasche in seine Hände geraten und er hätte sie beinah fallen lassen. Sie sei siebenundzwanzig, sagte Luisa. »Ich war schon einmal verheiratet, jetzt warte ich ab. In meinem Alter sind die Männer noch nichts wert.«

Er hatte sie angesehen und dabei den Blick des Monsignore im Rücken gespürt, zu dessen Seiten, wie zwei Beschützer, Orlinksi und der Feiste, dessen Name Ippolito war, standen und dem Blick ihres Herrn folgten, der, als ihre Blicke sich trafen, den Kopf neigte und eine sanfte Geste mit der linken Hand andeutete – woraufhin sich Luisa zu ihm beugte und sagte: »Du darfst bleiben, Straßenkind.«

Er wusste nicht, warum man ihm applaudierte, er verstand auch nicht, warum sie ihn lobten, er hatte doch nichts gemacht, nichts anderes als das, was man ihm gesagt hatte: »Nun sei traurig«, hieß es, oder: »Nun geh dorthin, sei empört, schüttle den Kopf, nicht zu empört.« Und er hatte das gemacht, aber etwas hatte er immer anders gemacht als alle anderen.

Als sie einen Trauerzug darstellten, war er der Letzte im Tross und vorne sang ein kleiner Chor und ein schwarzer Katafalk wurde in einer prachtvoll mit Blumen geschmückten Kutsche durch die aus Holz und Gips errichteten Straßen gefahren. Ein Trompetenspieler ließ eine furchtbar traurige Melodie hören und da hatte er aufgehört, die Kameras zu sehen, den Monsignore in seinem Stuhl, den kräftige Burschen trugen, die Mikrofongalgen, die über den Köpfen kreisten, die Scheinwerfer, die Maskenbildner, kurz das ganze emsige, surrende Volk, das die Darsteller umschwirrte, war fort, nur die Trauernden, die echt waren, und er, dessen Trauer echt war, und ihm rannen die Tränen herunter und plötzlich hatte er nicht weitergehen können, er war einfach stehen geblieben auf dieser Straße und hatte den Tross weiterziehen lassen und konnte dabei nicht aufhören zu weinen, wer war der Tote da vorn? – Seine Mutter, lag sie nicht dort … in der und der Tiefe, unter einem Stein, ohne Atem, ohne Wärme, verzehrt. Er kann nicht anders, als sie – und auch sich – als Tote zu betrachten. Ich muss mich als Toten betrachten. Und doch lebt er, lebt es um ihn herum, in den Fenstern, in den Seitengassen, die überallhin abgehen, denen man nur folgen müsste … da ist er, da liegt er, auf offener Straße, unter der Sonne, das sind keine aus Holz und Gips errichteten Straßen, echt ist das alles …!

Später hörte er, wie der Regieassistent fluchte: »Madonna mia …«, und wie der Monsignore ihm mit einem Handzeichen Schweigen gebot und dann sagte: »Es war perfekt … dieses Stehenbleiben … der Ausdruck in seinem Sommersprossengesicht … es war richtig, viel besser so als das, was wir eigentlich machen wollten … es war gut, so wie es war.« Und da waren alle verstummt, und als er zum Monsignore gerufen wurde, da hob wieder ein Klatschen an, zaghaft diesmal, tiefer, einer, es ist dieser hübsche Bertolino, nickt ihm zu. Später, als sie die Szene gemeinsam angesehen hatten, da lobten sie ihn: Wie er das nur so echt habe darstellen können? Und er hatte gefragt: »Was habe ich denn dargestellt?«

Der Blick des Monsignore spazierte an ihm auf und nieder. »Woran denkst du, wenn man dir aufträgt, etwas darzustellen? Denkst du an dich?«

»Nein, nicht an mich«, hatte er geantwortet, »ich weiß nicht, was ich denke … Ich stelle mir vor, dass alles echt ist, was ich sage und sehe …«

Der Monsignore hatte zufrieden genickt. »Wir spielen. Alles hier ist ein Spiel. Aber glaube nicht«, sagte er, »dass wir hier eine leichte, eine flüchtige Kunst herstellen. Manche unserer Filme wird man für immer sehen, noch in vielen Jahrzehnten, vielleicht sogar in Jahrhunderten. Wenn die Menschen einen Film sehen, denken sie nicht daran, dass das alles nur gespielt ist, behauptet, eine Illusion. Sie denken nicht daran, dass das alles aus Kulissen und Darstellern und Licht und Ton zusammengesetzt ist. Sie vergessen es, wie ein Kind vergisst, daß seine Fantasien nicht echt sind. Das Kind träumt und weiß es nicht und so ist es auch mit den Kinogängern. Sie erkennen sich in denen, die auf der Leinwand zu sehen sind, und sie empfinden alles als echt. Sie denken nicht: Sie empfinden. Wenn wir alles richtig machen, geht es ihnen wie dir, Enzo. Sie denken nicht an die Kulissen, sondern an das Echte … Und so wird unsere Kunst zur höchsten Kunst: der Kunst, eine Erinnerung in einen Kopf zu pflanzen, eine Erinnerung, die nicht verschwindet, die weiter existiert und sich vermischt mit dem wahren Leben. Das ist es, was wir beim Film machen, verstehst du? Ab und an kommt einer, einer wie du, der nichts gelernt hat, keine Schauspielerei, keine Dramaturgie und dergleichen mehr … und der dennoch alles richtig macht, weil er sich preisgibt …

Ich will alles über dich wissen«, sagte der Monsignore, »aber erzähl mir nicht, was du erlebst hast. Ich werde es herausfinden, nur indem ich dir zusehe.«

»Also habe ich es richtig gemacht?«, fragte er, ungläubig, und setzte hinzu: »Ich habe doch nur gemacht, was man mir sagte …«

Und als der Monsignore lachte, so sehr lachte, dass ihm Tränen aus den Augen schossen, da war er verstört davongegangen, so verstört, dass er nicht einmal Luisa anvertrauen mochte, was der Monsignore ihm gesagt hatte.

VII

Gianni

Zeit
das Brennglas,
das uns Dinge sehen lässt,
welche das Leben
verschleiert.

Vertiefung

Ein starker Wind erhob sich, trieb ihn ab vom Weg an diesem Tag, an dem alles anders werden sollte. Das hatte er schon geahnt, als er aus dem Haus gegangen war an diesem Tag in seinem vierunddreißigsten Lebensjahr. Der Wind schien den von ihm eingeschlagenen Weg ins Büro nicht dulden zu wollen, schlug ihm Staub und Schmutz so heftig ins Gesicht, dass er in kürzester Zeit abkam vom Weg und Schutz suchte in einem wie ein tiefer, grabesähnlicher Raum aufklaffenden Eingang, der, wie er nach langen Minuten, in denen er um Atem rang, erkannte, der Eingang zu einem Kino war.

Einen Moment noch blieb er unschlüssig stehen und blickte hinaus auf die Piazza, über der sich eine ungeheure Wolkenwand aufrichtete, die bereits den halben Himmel einnahm und die Achse alles Sichtbaren kippte, so dass es ihm schien, als blicke er in diesem Moment hinab auf die Stadt wie auf ein Spielfeld, auf dem der Wind alle Figuren nach Gutdünken umstieß.

Lange hätte er wohl noch diesem merkwürdigen Schauspiel zusehen können, da kam ihm der rettende Gedanke, dass nicht nur er wegen dieses Phänomens zu spät zur Arbeit kommen würde und dass die vom scharfen Wind förmlich über den Platz gepeitschten Gestalten, die sich über die in einen seltsamen Winkel gekippte Piazza bewegten, allesamt seine Kollegen und Kolleginnen seien, die wie er nicht vorankämen. Er betrachtete die Gefährlichkeit des Unwetters mit Freude und Hilflosigkeit, lehnte sich tiefer gegen ein Gitter im hintersten Bereich des Eingangs und sah, wie ein buntes Medaillon eingefasst, das Plakat, das einen Film von, so wörtlich, »zerstörerischer Schönheit« anpries. Was wäre nun anderes, Besseres zu tun gewesen, als hineinzugehen in die stille Einsamkeit eines Kinos am frühen Morgen, das, ebenso sonderbar, schon seine erste Vorstellung dieses Filmes anbot. Stillschweigend nahm die Person hinter der Kasse, eine durch die unruhigen Schatten und das Licht einer flackernden Glühbirne einem Automaten gleichende Gestalt, sein Geld. Eine ungeheuer lange Zeit schien es ihm zu dauern, bis er den Weg zum Lichtspielraum durchquert hatte, wozu er einen lichtlosen Vorraum und einen engen, beinahe nur die Breite seiner Schultern zulassenden Kanal durchwandern musste, wobei es ihm immer wieder schien, als versinke das spärliche Licht ganz und gar in den dunklen Ritzen. Im Saal, den er durch eine lachhaft schmale Tür betrat, zeigte sich keine lebendige Seele. Jeder Laut entschwand in der Entfernung, und er stieg die paar Stufen zu seinem Platz in der gespannten und dunklen Ahnung hinab, dass, was immer sich im Licht der Leinwand zeigen würde, unbedingt etwas mit ihm zu tun haben werde, ihm, dem einzigen Gast an diesem frühen Morgen.

Der Film begann mit dem Blick auf ein Gesicht, das Gesicht eines alten Mannes, eines fast völlig ausgetrockneten Wesens von sechzig oder siebzig Jahren, das mit dunkler Stimme einige Worte an ihn richtete: Nun sei es aus mit dem lustlosem Herumstreichen, sagte die Stimme, die unausgesetzte Pein der gleichförmigen Tage habe ein Ende, die armen Reisenden, die auf dem Weg in diesen Teil des Daseins stecken geblieben seien, müssten nun mit großer Aufmerksamkeit zusehen und zuhören.

Nach diesen Worten verschwand das Gesicht, verschwand alles Licht aus dem Kino. Für die Dauer eines mehrere Atemzüge umfassenden Moments saß Gianni ganz im Dunkeln, und wo sich eine kleine Angst in ihm rührte und ihn zur Flucht bewegen wollte, rührte sich nach weiteren Sekundenschlägen weiter nichts als der Reflex des Unvermögens. Als die verstörende Folge von Bildern einsetzte, die über die kommenden sechzig Minuten anhalten sollte, konnte er einfach keinen Widerstand entgegensetzen.

Den ganzen Tag über saß er inmitten der Lärmflut der Stadt, aber im Kino, Leib und Geist ganz und gar einsinkend in die hellen, körnigen Bilder, die ihn anrührten als die Echos längst versunkener Kulturen, da kam es ihm so vor, als betrete er ein anderes Dasein, als flösse in ihn die Lebendigkeit und das Wissen vieler Leben.

Er setzte sich stets in eine der vordersten Reihen, damit seine Augen das Ende der Leinwand nicht mehr wahrnehmen konnten; wenn er darauf angesprochen wurde, schützte er eine gewaltige Kurzsichtigkeit vor. Während er aber so saß, in Vertiefung in die von Licht und Ton erzählte Geschichte, da hörte er nichts um sich herum, war er von allem, was um ihn her existierte, völlig abgeschlossen. An diesem Morgen aber sprang etwas aus der Leinwand auf ihn über: Verstörung, Unmut, eine tiefe Angst, die sich noch verstärkte, als ein Auszug aus jener Aufnahme zu sehen war, in der Nikola Tesla einen Elefanten mit sechstausend Volt Wechselstrom zu Tode brachte. Ohne den Blick abwenden zu können, sah er hin: das auf allen vieren stehende Tier, festgebunden mit eisernen Ketten, zu Tode gebracht durch metallene Manschetten, durch die der Strom in den Leib floss und ihn zerstörte, so dass das mächtige Tier am Ende hinstürzte, während noch Rauch, und, wie Gianni sich vorstellte, ein unerträglicher Brandgeruch sich ausbreiten mussten vor den vielen Zuschauern, zu denen nun auch er gehörte.

Tatsächlich, so schilderte er es später seiner Verlobten, sei er von da an immun gewesen für alle folgenden Bilder und, gewissermaßen, erst wieder ins Leben zurückgekehrt, als die letzte Filmsekunde vergangen war und eine enorme, wie atembarer Samt sich anfühlende Schwärze in den Saal geflossen sei. Eigenartig, würde er noch sagen, wie an diesem Tag alles auf einen einzigen Punkt zustrebte, an dem sich alles umkehren, ja, sein ganzes bisheriges Leben in eine vollkommen andere Geschichte wenden musste. Mit unverminderter Deutlichkeit erinnere er sich, sagte er zu seiner Verlobten Cristina, dass er, kaum auf die Piazza zurückgekehrt, nicht mehr gewusst habe, wo er sich befinde, dass er, trotz der größten Anstrengung, sich keine Rechenschaft zu geben wusste über den Verlauf der folgenden Stunden und wie er zurückgekehrt war an seinen Arbeitsplatz, der, fügte er hinzu, ihm seit langem nicht mehr als ein Ort der Lebendigen erscheine, sondern vielmehr als ein Limbus, ein Zwischenort, der diese Lähmung seiner Erinnerungsfähigkeit erst ausgelöst habe.

Er sei erst wieder zu sich gekommen, als er irgendwann um die Mittagsstunde in diesem Flur der vielen starkgrünen Türen stand, von denen jede mit ihrem stumpfgescheuerten Lack und dem Namensschild so abweisend vor ihm stand wie die Tür zu seinem eigenen Büro.

Das Gebäude sei ihm nun mehr denn je als Endpunkt allen Daseins vorgekommen, sein Büro eine Lagerkiste tief im Bauch eines unbekannten Schiffs, das leckgeschlagen zur Seite gekippt ist. Selbst das Licht, erklärte er seiner Verlobten, sei zur Seite gekippt gewesen, es sei hinausgeronnen, es hätten sich in dem Raum, der so schmal und hoch sei wie ein Verlies, nurmehr Flecken von Helligkeit gefunden, und in die tintige Düsternis hinein habe er einen Schrei ausstoßen müssen.

Zeuge

Eine Aufsässigkeit plagt ihn, Funkfeuer, die ihm jeden Tag durch den Kopf streifen, Funkfeuer aus der Kindheit vielleicht?

Eine Erkenntnis mit dornigen Auslegern, die seine Seelenruhe sprengte. Wie lange schon arbeitet er hier …?

Sein Arbeitsleben, sein Dasein: klein und lichtlos. Ein Schreibtisch, der den Schweiß vieler Beamter aufgesogen hatte, der nun als säuerlicher Dunst in die Kammer zurückströmt. Der Gedanke an all die ungesunde weißporige Haut von schlechternährten Beamten steht ihm vor Augen, weiß und fett und rund und gesichtslos wie jene Engerlinge, die seine Kinderfinger zerdrückt hatten, unpersönlich und unscheinbar. Er hatte nichts empfunden, Engerlinge waren keine Lebewesen, empfanden nichts, wenn er ihr Innerstes herausdrückte, Gleiches empfindet er für die angelegentlich nickenden Beamtenkollegen, die in den gallengelben Fluren an ihm vorbeisegeln: vorgeklappte Ohren, eingekrempelte Gesichter, haarige Fingerknöchel, abgescheuerte Gesichter … ach was, Gesichter! Täuschungen! Faltige Flächen, knittrige Skizzen von Fratzen, auf denen der fettige

Glanz unerledigter Gedanken und Bedürfnisse mit saurer Hässlichkeit alle Individualität abfrisst … Und er, Gianni Cavelli? Bald auch so aussehend …?

Er flieht in sein Büro, wagt nichts anzufassen, jedoch: Alles ist schon hunderte Male angefasst worden, alles liegt so sichtbar und ekelerregend durchbittert und erstarrt vor ihm, dass er die Tasche mit allem nutzlosen Trostgerümpel darin, sein Tagebuch, die Taschenlampe, den ausrangierten Geldbeutel mit den ausgefaserten, ausgeschnittenen Fotos der Freunde aus verlorenen Tagen, das Notizbuch mit allen Telefonnummern und die zerkratzte Dose mit Schmerztabletten darin nehmen und aus dem Gebäude fliehen muss.

Es ist keine Laufbahn, die er hinter sich lässt. Das Trostgerümpel klammert er an sich. Nur weitergehen, hinaus: nie mehr auf das Gebäude blicken.

Das gehört alles nicht zu dir, Cavelli. Gianni Cavelli, sagt er. Seinen Namen, Cavelli, den hatte er nicht mehr als zu sich gehörend wahrgenommen hinter dieser grünen Tür, in diesem gallengelben Flur, in dem leckgeschlagenen Schiff, das er nie mehr betreten wird.

Lichtspieler

Bleich sind die Bilder der Kindheit, eine ferne Traurigkeit, eine ferne Heiterkeit, die taumelt, so weh ist ihm sonst nirgends als in der Erinnerung.

Er sollte doch, denkt er, imstande sein, nicht in des Tages Rücken zu blicken, wo sich, unverankert, nirgends zu Hause, ein Schattenbild seiner selbst einem anderen Leben zusehnt. Aus dem gespenstischen Schlaf seiner Sehnsüchte erhob er sich in irgendeinen Raum, der zu hell ausgeleuchtet war, der ihm die furchterregende Gewissheit vorstellte, dass er nie weit kommen würde, sobald er denn einmal fortginge.

Der Vater, ein Soldat, dessen Gesicht aus Narben und harten Falten bestand, welche ihn aussehen ließen wie eine Statue, sobald er, wie es seine Art war, unbewegt zuhörte, hatte ihm eingeschärft: »Hart sein, so geht es leichter durch das Leben, die Harten sehen den Schmerz nicht und auch nicht den Verlust.« Und später hatte er einmal gesagt, kurz bevor Gianni endgültig das Elternhaus verlassen hatte: »Du überlebst uns alle.«

Gianni hatte es nicht verstanden oder nicht verstehen wollen, ebenso wenig die Traurigkeit, die in des Vaters Augen schwamm wie weit entfernte, von einem diffusen Dunst verschleierte Inseln. Zu allem hatte der Vater sonst geschwiegen, wie alle Väter entweder schwiegen oder der ganzen Familie überstanden, nicht aber beim Weggang des Sohnes, der ihn in diesen letzten Tagen vor dem Abschied immer wieder dabei ertappte, dass er nach etwas suchte, was zu sagen wäre. »Das ist kein Ende«, sagte der Vater am Ende einer viele Tage dauernden Suche nach Worten, das hatte Gianni bemerken können an der mühevollen Art, mit welcher der Vater sich gerade aufrichtete und zugleich ein wenig von Giannis Mutter abwandte, so dass nur der Sohn diese Worte hören konnte: *Das ist kein Ende.*

Dann war Gianni fort gewesen, hatte aber in Stille und Nachtgeschlossenheit die Vaterstimme nachklingen hören, die hoffnungslose Leere des Abschiedssatzes aufgeblättert wie von einem zornigen Wind. Und es war doch das Ende gewesen, denn der Vater, stets von Krankheiten und Schwermut fortgerückt aus dem Leben, hatte im darauffolgenden Jahr das Haus verlassen.

Die fernsten Räume sind die besten Nachbarn.

Indem du fortgehst,
brichst du aus,
querfeldein gehen die gerufenen Namen.
Bei den Schatten ruhen die Kinder.

Wir grüßen sprachlos
einen jeden verjagten Gedanken.

Gianni wollte sich preisgeben, ohne Rückhalt, aber er war starr, entgegengesetzt zur Welt, nicht zu vergleichen mit diesen Menschen, von denen er in der Zeitung las oder die er im Kino sah. Solche Menschen kannte er nicht. Jene, die er kannte, schienen ohne Tiefe, ohne Gefühle, dunkle Schemen in einem schattigen Raum, aus dem er zu flüchten

versuchte, seit er die Stadt seiner Kindheit verlassen hatte. *Die Liebe verschweige ich nicht*, hieß es in einem Lied,
das er gerne hörte, *ich gehe mit dir.* Mit wem ging er? Alle
Verliebtheit, die er wagte, fiel als Kleinigkeit zur Erde, bis
er fest davon überzeugt war, niemanden lieben zu können.
Dann wieder überraschte ihn die eigene Zärtlichkeit, wenn
er weinen musste, weil er sah, wie ein Kind geschlagen wurde oder ein schönes Mädchen Fürchterliches auszuhalten
hatte. Aber das war alles auf der Leinwand, in einem über-
wirklichen, hellen Raum, der nur gegen ein paar Lire etwas
von seinem Licht abstrahlte auf sie, die da unten saßen im
düsteren Graben des Zuschauerraums, vereint im Sehnen-
wollen, in einer Wachheit, wie keine Tagesstunde sie in ihnen weckte.

Jeder ging ins Kino, das war nichts Außergwöhnliches, jedoch: Keiner kam so zerbrochen, verformt, mit Träumen
angefüllt wieder heraus wie er. Im Kino war alles ohne Vor-
sicht und ohne Scham, dort war er der Liebende, auf der
Leinwand sah er die eigenen Gefühle, erkundete er erschüt-
tert und oft erstaunt seine Untiefen, seine Empfindungen,
die er draußen, im zweidimensionalen Raum seines Lebens,
nicht kannte. Manchmal kam er beruhigt aus dem Kino,
weil er dort eine flüchtige Zärtlichkeit für andere Menschen
empfunden hatte, während er draußen, im Ernst des Lebens, noch nicht einmal eine echte erste Liebe gefunden
hatte, nun, da er vierunddreißig war.

Gianni, Gianni Cavelli: Mit Kinoaugen ging er heimwärts, trennte sich mit einem Gefühl von Verlust von seinem geliebten *Cinema Carcassa*, einem kleinen engen Kino, kaum größer als das *Il piccolo Cinema*, in dem er an den Wochenenden saß. Hier konnte er atmen. Allem gab das Kino Farben, Klänge. Hier fand er Träume. Seine Träume. Was war denn das alles schon wert ohne Träume? Und wenn er auch mit träumenden Augen heimwärts ging, alles zum Besseren und Helleren verändert vorfand, musste er sich am folgenden Morgen doch den hellen Traumschein aus dem Kopf schlagen. Es steckte ein Gift in den Abenden und Nächten im Cinema Carcassa. Die Regisseure, die Schauspieler und die Musik, sie entrissen ihn, Stück für Stück, einem normalen Leben.

Gegen ein normales Leben war doch nichts einzuwenden? Hatte er nicht darum ein Studium gemacht, einen Sparvertrag angelegt, sich mit diesem hübschen Mädchen verlobt, das, wie er mit leisem Widerwillen gegen diese Erkenntnis, keiner Schönheit auf der Leinwand je gleichkommen würde? Besaß er eigene Träume, besaß er sie nicht? Gewiss suchten auch andere auf ihren morgendlichen Wegen durch die Stadt nach Motiven, die sie am Abend zuvor in einem Film gesehen hatten. Waren sie nicht alle, so wie er, durch Filmbilder gegangen, die sich übertrugen auf ihre eigene Stadt als ein ewiger, heller Sommer?

Nichts endete im Film. Er konnte alles wieder und wieder sehen, wieder lieben, es wurde nicht von der Zeit zerfleddert, vom täglichen Gebrauch stumpf und schlecht, und jede Müdigkeit verging, wenn er den Kopf hob, sobald die Titelmelodie eines Films einsetzte.

Dass die Wirklichkeit so ganz anders war, nahm er ihr übel. Die Wirklichkeit, sagte er zu seiner Verlobten, schenkt uns nichts, aber das Kino, das beschenkt uns! Sie hatte ihn ins Kino begleitet, ja, auch sie liebte die Geschichten, die schönen Gesichter und Melodien, aber wenn sie hinausging, war der Film zu Ende, der Zauber blieb in dem engen, luftlosen Saal mit dem schmutzigen Boden zurück, wurde schal, substanzlos, verflog. Nicht aber für ihn. Er verstand nicht, dass sie nicht weiter über den Film nachdenken mochte. »Du liebst den Film nicht«, sagte er zu ihr und dachte: Sie liebt mich nicht. – Oder liebte er sie nicht?

Sie lebten ihre Tage und Nächte in der Mansarde, sie sparten für eine bessere Wohnung, das kleine Radio war ihr Luxus, das Licht in den Zimmern, selbst wenn Sonne hereinschien, ohne Farben, Glanz. Die Stadt war brutal, dreckig, eng und kalt im Winter, heiß und aggressiv im Sommer, die Höfe voller Unrat und dunklem Hall. Es drückte ihn nieder, wenn er das Alleinsein der Greise und Geflüchteten, das Ausgesetztsein der Kranken, die Sprachlosigkeit bemerken musste, weil es hochstieg in den Mauern der Stadt als unentrinnbare Flut. Hörte er den Zungenschlag der alten Heimat, versuchte er sich abzuwenden und hörte doch umso schärfer hin. Unbegreifliches Leiden am Heimweh, das zu kurieren ihm nicht möglich war. Unabsehbare Jahre in dieser Stadt, in der er nicht sein wollte.

Er bringt Cristina Orangen und Nüsse mit, für sich Zigaretten. Nachdenklich lehnt er im Fenster, denkt: Sie ist so groß, die Stadt, ich kann nicht einmal raten, wo sie endet, wohin ich blicken müsste, um in die Heimat zu schauen.

Cristina tritt zu ihm, sie will wissen, was er hat. Nichts habe er, sagt er, sie bilde sich etwas ein. Sie geht nicht weg, sie bleibt an seiner Seite und der Moment ist zerstört, er hört sie atmen, ihre Hand legt sich auf seinen Nacken, am liebsten würde er diese kleine weiche Hand wegstoßen. Warum bleibt sie bei ihm?

Er liegt bei ihr, sie lieben sich, er will fort, so schnell es geht. Quälerisch falsche Gefühle. Er hält an ihr fest und will sich ihr nicht zumuten. Mit mir willst du sein, ja?, fragt er sie in Gedanken, warum? Er hört sie atmen, sie schläft nicht. Cristina, denkt er. Ihr Name ist Cristina. Er wartet mit gepresstem Atem auf den Moment, da er gehen kann - die unendliche Einsamkeit seiner Geliebten geht mit ihm, wenn er ins Kino schlendert, wacher mit jedem Meter, den er zurücklegt.

Sie wollte nicht mitgehen. Warum denn nicht, warum nur will sie nicht mit ihm gehen?

Wie wenig romantisch die Sache ist. *Questo cuore non deve fermarsi.*

Bellezza duratura

Er kann die Sätze mitsprechen, er weiß nun, wie manche Schauspieler sprechen. Der B. reckt immer das Kinn vor, wenn er wütend ist, die L. hat die längsten Beine, die O. kann fantastisch küssen und singen und der R., klein und verwachsen wie er ist, spielt die komischsten Figuren. Verliebt aber ist er in die K., die in ,Orizzonte bianco', einem Film des großen Monsignore F., ihr Haar so herrlich federn und schwingen lässt, wenn sie den Kopf bewegt. Es ist ein Schwarzweißfilm, ihr Haar ist dunkel, doch für ihn ist sie ganz in Farbe, sie allein. Er stellt sich ihr Haar in exotischen Färbungen vor, ein rötliches Braun vielleicht mit einem Einschlag von Blau, oder könnte es nicht sogar ein tiefdunkles Rot sein, wie das letzte Glühen eines Feuers?

Solche Gedanken besitzen ihn für Stunden. Was sind diese Menschen schön! So schön, dass es ihm wehtut. Warum nur sind die Menschen, denen er begegnet, nicht so schön? Sie sind niemals feierlich, niemals so hochbewusst, sie duften nicht, ihnen haften Schweiß und Kleinheit eines Lebens an, ssie genauso wenig erfreut wie ihn das seine.

Er erkennt wohl, dass viele sich wie er in Träume flüchten, er weiß ja selbst, dass er mehr träumt als für ihn gut ist, aber was soll er machen? Er kann es nicht beenden. *Non ci salveranno la paura né il coraggio. Strani sogni si trascinano lungo il tuo dorso.*

Die Rummelplatzwiesen: Er geht ausdruckslosen Blicks an ihnen vorüber. Geschäfte: was sollte ihn darin entzücken? Die summenden Kreuzpunkte der großen Straßen, der Brand- und Kotgeruch in den Seitenstraßen, die metallischen Stakkati in diesem überlebensgroßen Käfig namens Stadt: Nichts freut ihn, nichts reinigt ihn. Nur das Kino reinigt ihn, macht ihn anders, besser. Ist er im Freien, ist er es doch nicht; welcher Baum kann schon so herrlich kantig, leuchtend, vielgestaltig erscheinen wie jene in dem Kinomärchen *Legenda* des Monsignore genannten Kinomagiers F. Gianni muss an die Szene im Film *Questi sono i miei fratelli* denken, da geht die Hauptfigur eine lange Allee entlang, es ist eine uralte Allee mit Bäumen, wie man sie nirgendwo sehen kann, deren knotige, stellenweise aufgerissenen, von Licht und Schwärze durchtränkten Stämme sich über dem Menschen verneigen, ihn einrahmen; und das Licht bewegt sich sanft, lächelnd, fein über den unebenen Grund.

Der Monsignore F., der hat doch auch nur zwei Augen, denkt Gianni, aber er muss etwas anderes sehen als er, Gianni, etwas anderes und viel mehr. Der F. zeigt ihm seine Stadt und doch ist sie es nicht. Im Kino zeigt die Stadt keine ärmlichen Läden, keine Scheußlichkeiten und Vulgaritäten, und die todernsten Dinge sind ergreifend, während in seinem Leben das Todernste schal ist. Die Filmmenschen sind sauber gekleidet, selbst die Bettler sehen gut aus, während er sich nur vermummt.

Abends steht er am offenen Fenster und raucht und muss hinstarren in seine Stadt, die er nicht kennt. So ein merkwürdiges abendliches Erlahmen, vor offenem Fenster. *Farfalle svolazzano lungo fiumi profondi.* Wäre eine Kamera auf ihn gerichtet, würde er sich nun selbst so sehen können, auf der Leinwand, was würde er dann über diesen Kerl denken? *Un'ombra triste.* Morgen, denkt er, werde ich nicht zur Arbeit gehen, ich bleibe zu Hause und schreibe ein Drehbuch. Ich werde für das Kino schreiben, nicht mehr für eine Firma, die mich ausblutet, die meinen Geist ans Kreuz nagelt, denkt Gianni. Vielleicht kommt auch eine Erinnerung an das, was er vergessen hat, vielleicht wird er, wenn er sein Drehbuch schreibt und es an einen großen Regisseur schickt, endlich von sich sagen dürfen: Aha, der Herr hat ein Leben, einen Lebenswandel. Und immer, wenn er aus dem Kino taumelt, sich in der Realität zurechtzittert, mit schweren Beinen in die Straßenbahn steigt und in einen Sitz stürzt, als habe man ihn aus seinem Heimatland geworfen, will er alles besser machen. Kein Toter sein, denkt er. Stille dazu, und Himmel. Festgehalten werden von Schönheit. *Bellezza duratura.*

Cristina sagt: »Komm ins Bett.«

Da wird er böse, er antwortet ihr so barsch er es nur vermag: »Schlaf! Lass mich in Ruhe!«

Er wird sie verlassen, er weiß nur noch nicht, wie.

Am nächsten Morgen aber steht er auf wie immer, kleidet sich an, trinkt seinen Kaffee eilig, stolpert in die Frühkälte,

in die sauren Gerüche der Stadt, die ohnmächtig darnieder-
liegt nach den Exzessen der Nacht. Er geht durch Gerüche
von Staub und Alkohol, Parfüm, Schweiß, Fleisch, Fluch-
ten einer Stadt, die weder Ehrlichkeit noch Seele besitzt.
Einen ganzen langen Tag muss er nun wieder ins Nichts,
durchstehen, ein Mensch ohne Lächeln sein, *un'ombra triste*. Erst abends darf er in seine Welt zurückkehren. So steht
er im Drehbuch des Daseins: eine unscheinbare, von keinem erzählenswerten Schicksal betroffene Figur, eine Ne-
benfigur. Würde etwa der Monsignore F. seine Kamera auf
einen wie ihn richten, er wäre eine Randfigur, nur dazu gut,
ihn schnell wieder aus dem Bild zu nehmen. Er weiß das.

Im Kino findet er die Straßen seiner Kindheit, unberührt
und hell, für immer geborgen. Elio, Spucino, Aurelio …
Die Kinder einer Straße, die alles miteinander teilten. Wie
weit ist das alles weg …! *La vita è luce e sussurro*. Die Freunde, die sich, wie er mit einer seltsamen Bitternis denkt, niemals voneinander hatten entfernen wollen, Elio, der ihm
ein Bruder gewesen war …!
Die Erinnerungen und die Freuden und die Ängste, das
alles hätte er mit der Hand umfassen, zwischen den Finger-
kuppen zerreiben können, so nah ist es ihm im Kinosaal.

Hier bin ich.
Ihr und ich.
Meine Stimme mit all euren Gedanken.
Wo seid ihr alle?

Ecco mi.

Voi e io

La mia voce e tutti i vostri pensieri.

Dove siete tutti?

Labyrinth oder Wahrheit

Es gibt viele Kinos, in den Seitengassen, eingezwängt zwischen engen Schuhmachergeschäften, Gemüseläden, Weinhandlungen, aus denen der Duft von überreifen Trauben, Süße und Fäulnis drang. Kinos so schmal wie die Eingangstüre, hinter der sich eine improvisierte Leinwand, ein paar Holzstühle, ein uralter Projektor und der Geruch von Zelluloid, Schweiß, billigen Zigaretten und Parfum verbargen, ein Kino von vielen hunderten, aus denen die Besucher mit müden, erstaunten Kinderaugen hinaustreten in ein ganz unwirkliches Tageslicht. Er findet sogar ein Kino unter einer Brücke, ein aus Holzlatten in die Bogengänge gezimmerter Raum, in den Lichtnadeln eindringen, und das Donnern der über den Köpfen der wenigen Zuschauer dahinbrausenden Züge zerspaltet die Dialoge. Und doch will er jedes Kino einmal besuchen, denn jedes Lichtspiel offenbart ihm etwas anderes. Die Stadt erweist sich als wahres Labyrinth der Träume, denen er nachjagt. So wird sie zur Metropole seiner Träume.

In einem kleinen neuen Kino, das sie schnell zwischen die Betonkästen der neuen Wohnsiedlungen gemauert haben, sieht er einen älteren Film des Monsignore F. Einen ganzen Tag lang zeigen sie alle Filme des Meisters, aber diesen einen, vor mehr als einem Jahrzehnt gedreht, kennt er noch nicht: *Legenda*.

Es ist ein trauriger Film, er mag keine traurigen Filme; er mag traurige Momente, aber sie dürfen nicht zu lange andauern, sie müssen aufgelöst werden.

Aber dieser Film bleibt traurig, und als Gianni schon überlegt, ob er hinausgehen soll, hinausgehen muss, fällt ihm einer der Schauspieler auf. Unwohl rutscht er in seinem Sitz herum, zu heiß ist es ihm, zu eng, zu hell das Filmbild.

Als Gianni ihn wiedersieht, auf der Leinwand, erkennt er ihn sofort wieder: Enzo …! Was wird gesagt? – Was sagte er? In Giannis Innerem toben zwei Stimmen: Verpiss dich endlich! – Stirb, du Missgeburt! – Stirb!, sagte – *er*.

Was schlägt ihm in diesen Minuten alles aufs Herz: wilde Gedanken, Aufgebrachtsein, das in unaushaltbare Scham sich auflöst … Seiner Verlobten würde er berichten: Das war entsetzlich. Und er würde sagen: Ich habe keinen Zweifel gehabt, dass er es war, der Bengel, den ich auf dem Gewissen habe, und weißt du, woran ich ihn erkannte? An der Narbe, einer kleinen U-förmigen Narbe auf seiner Stirn, unter den Locken, die ich rot leuchten sah, obwohl der Film ein Schwarzweißfilm war.

Er war es, gar keine Frage!

der fuß, die hand – die hand – suchend
nach der kleinen flucht – da ist nichts – sagtest du – sagst du
dir.
Il piede, la mano - la mano -
in cercando la piccola fuga
non c'è nulla - hai dicesti - ti dici.

Der Rotschopf schrumpft vor Giannis Augen zum Kind zurück, das er war, als das er ihn zuletzt gesehen hatte … Wie er war, damals, so sieht er ihn, so wird er ihn immer sehen, ein ewiges Jetzt … Es waren Jahre, in denen der Rotkopf ihnen seine Freundschaft antrug und sie ihn quälten … *er* ihn quälte. Eine Kindheit lang folgte Enzo ihnen und wurde weggestoßen. Der Kleine mit den roten Haaren, mit den anderen Augen, die zu glühen schienen.

Die Kindheit träumt mit den Stimmen des Kinos.

Cristina muss gespürt haben, was er für einer ist, einer, der seine Freunde vergisst, sie vergisst, alles wegdrängt … Er muss sich ihr offenbaren: »Ich kann mich nicht mehr entschuldigen«, sagt er, »ich kann nichts mehr ungeschehen machen. Ich erlag dem Fehler zu glauben, das Schweigen könnte mich schützen … Ich habe diesen Jungen, der mit uns sein wollte, der unsere Einigkeit so sehnsüchtig und beharrlich verfolgte, verstoßen. Ich war das!«

Sie versteht es nicht.

»Das ist so lange her«, sagt sie und lacht hell auf, leicht

und heiter. Glaubt sie doch wirklich, alles in ein Lachen auflösen zu können! Er wird zornig: »Lass mich alles sagen!«, schreit er. »Hör zu oder geh!«

»Es war mein Abscheu«, sagt er, in den leeren Raum hinein, der in ihm lauert. »Ich war es, der ihm jede Möglichkeit nahm, auch nur in Betracht gezogen zu werden! Ich glaubte, unsere Einigkeit müsste geschützt werden vor diesem Neuen. An mir lag es, dass er verstoßen wurde und verstoßen blieb, dass er, als er einen Freund … nein … Freunde brauchte … allein blieb.«

Ob sie begreift, wie sehr er sich seiner alten Grausamkeit schämt, die so viele Jahre zurückliegt und in diesem Kokon des Vergessens so schrecklich gewachsen ist? Ihm ist, als wäre alles vor wenigen Tagen erst passiert.

»Ich kann mich nicht freisprechen, erklärt er Cristina, »Enzo ist durch Unglück, Einsamkeit und Lieblosigkeit gegangen, weil ich es so wollte, weil ich ihm in jenen Tagen nichts Gutes wünschte … Mit jedem Gedanken wünschte ich ihm alles Unheil an den Hals. Und wenn etwas stark ist, dann sind es die Wünsche und Flüche junger Menschen.

Was sind das für Bilder, die in uns wachsen aus dem, was wir sagen und was wir nicht sagen. Welche Bilder vergiften uns, von den Worten ganz zu schweigen? Und ich weiß, wie stark ich diesem, der nur mein Freund sein wollte, das Schlimmste wünschte … Und er erhielt es! Allein schon in den Worten, denn jedes böse Wort, das wir ihm nachriefen aus den dunklen Sickergruben unserer Fantasie, war vorgedacht – vorgedacht und vorformuliert von mir! – Ich war der Wortgewandteste, dachte mir alle Namen aus, die wir Enzo nachwarfen, womit wir ihn kleinmachten, schließlich muss jede böse Idee von jemandem geboren werden. Ich gebar den *Zwerg*, wie wir ihn nannten. Der *Seltsame*, das *Gerippe*, der *Frosch*, der *Nichts* … Das kam alles aus meinem Kopf, aus meinem Mund, der nie müde wurde, Freude an den Schmähungen zu finden … So warfen es diese zwei Jungen, von denen ich einer war, dem armen Kerl an den Kopf. Und keiner, das weiß ich, wartete sehnsüchtiger darauf, dass der Verfluchte endlich ginge, als ich. Es war eine unauslöschliche, nah an reinen Hass reichende Idee, als befände ich mich nicht mehr bei Trost.

Bleib weg, bring dich um, sei nicht mehr …!
Was waren es für Gedanken, die er in sich trug, wenn wir das riefen, was dachte er, als ich ihm zurief: Stirb, du Missgeburt, stirb.

Ein Jahr vielleicht nur war es, oder ein wenig mehr, währenddessen wir es uns zum Sport machten, diesen Eindringling zu quälen. Ihn nicht nur mit Worten, sondern auch mit Schlägen zu traktieren … die ganze grobe unüberlegte Wucht eines Körpers gegen einen anderen … Die größten Derbheiten kamen immer von mir. Wasser, das ich auf seine Hefte und Bücher leerte, später Saft, weil das die Seiten so vorzüglich verklebte, Saft, vermengt mit kostbarem dunklem Honig, den ich ihm einmal über den Kopf goss, wobei ich mir vorstellte, es würden ihn daraufhin

Bienen, Hornissen, Wespen schrecklich zurichten. – Eine Idee führte zur nächsten. Was nur, frage ich mich, gebar meine Seele von Bosheit zu Bosheit, welche dunkle Energie gewann ich aus dem Zerdrücken dieses anderen Kindes …? Ich sammelte Grasflöhe, die ich ihm in den Kragen kippte … So war ich … *So!* Er wehrte sich nicht, niemals, nahm hin und hin und besaß seine eigenen Kräfte. So dass er, weil er nicht aufhörte zu sein, er zu sein, mich weiter böse Worte gegen ihn schleudern machte, ein ums andere Mal, ohne zu überlegen. So dass ich, es war nur logisch, endlich zu Steinen greifen und diese werfen musste. Das hatte er so heraufbeschworen! – Es hätte nicht dazu kommen müssen! Wäre er wenigstens einmal zu Boden gestürzt und liegengeblieben oder hätte, selbst wenn er es nicht meinte, die Augen für ein einziges Zeichen von Niederlage und Rückzug niedergeschlagen …! Also die Steine, kantige, kleine, größere, was mir in die Finger kam … so traf ich ihn, endlich! Traf! Ihn!, der in der Nähe stand und nicht gehen wollte, weil er unserem Ballspiel zusehen wollte. Ich sah die Steine im Rinnstein auf meine Hände warten, also griff ich sie, also warf ich, also forderte ich die anderen auf, es mir nachzumachen … Was sie erst nach längerem Zögern taten, sie warfen absichtlich schwach, es traf ihn nichts ernstlich … Meine Steine aber trafen! Der Stein, der ihm die Haut an der Stirn aufriss, kam aus meiner Hand … Diese Narbe trägt er für das ganze Leben, und ich habe es gesehen, auf der Leinwand, in Großaufnahme, dass man die Hautporen sehen, dass man die Flugbahn dieses vor vielen Jahren geworfenen

Steines spüren konnte beim Blick in dieses Gesicht. Ich sank in den Sitz und war überzeugt, jeder, der zur hellen Hautfläche und zu der Narbe da oben schaute, müsse mich als den Urheber dieser Wunde erkennen.«

»Das ist doch alles lange vorbei«, sagte Cristina, die immer weniger verstand, warum er das alles vor ihr ausbreitete. »Hast du ihn getroffen, habt ihr gesprochen?«

»Lass mich doch erzählen …!«, stieß er sie fort, als sie ihn in die Arme nehmen wollte. »Alles muss ich sagen«, rief er, »lass mich einmal alles, ganz und gar alles sagen, was ich eigentlich ihm hätte sagen müssen!«

Und er sprach weiter, ohne abzusetzen, als gelte es sein Leben: dass der Junge, der er war, das alles mit Hochstimmung und Vorsatz getan hatte, dass er die anderen verleitete, ihnen eigentlich erst die Ideen für bestimmte Abscheulichkeiten eingab.

Jede böse Tat schließt ihrer Rache die Tür auf, hatte seine Großmutter ihm einmal gesagt, nachdem sie, die alte, geschwächte Frau, vergebens versucht hatte, ihn zurückzuhalten … Vor was? Hatte er da wieder mit Steinen geworfen? Sich auf den Rotkopf geworfen, ihm die verhassten roten Haare auszureißen versucht …?

Warum? Es hätte doch auch mit dem Rotschopf alles so bleiben können, nichts hätte sich zwischen mir und Elio verändert!«

»Ich war unverletzbar. Ich glaubte, ich wäre unsterblich. Ich war es. Darum verletzte ich jenen, von dem ich wusste, dass er mir in nichts glich. Ich war tatsächlich unverletzbar, unsterblich, wie es alle Kinder sind … Dann kam jedoch dieser andere, der gar kein Kind war, sondern ein Unausrottbarer in einem Kinderkörper, was mich aufbrachte, ebenso seine gewählte Art zu sprechen, seine insgesamt unterwürfige Art.«

Er blicke nun auf diesen Jungen zurück, der er gewesen war, und empfinde eine grenzenlose Fremdheit und Wut gegen sich selbst.

Der aschige Geschmack eines blinden Kinderhasses vergiftet Gianni. Was war es gewesen, dass die alte Nonna sich aus ihrem Zimmer, in dem sie die Tage verdämmerte, hinausbewegt hatte? Welche Laute, welche Qual hatte sie aufgenommen? »Mit jedem boshaften Gedanken habe ich auch meinem eigenen Leben Licht genommen«, sagte Gianni zu seiner Verlobten. Es gab Tage, da staken ihm die Erinnerungen an Bosheiten, die er ausgesprochen, ausgeführt hatte, als Messer im Leib.

Er küsste Cristinas Haare, ihr Gesicht, ihre Hände, er roch ihre Haut so gern, dass es ihm die Seele verschob.

Lichtlos

Seine Oberfläche bot sich glatt und freundlich, unbeschrieben und möglich an, hörte und sprach Witze, Schmeicheleien, allein ging er in den Park, wo er lange vor einer verwahrlosten Vogelvoliere stand und zerbrechen mochte vor Wut über den Zustand des einzig darin verbliebenen Vogels, der in einer Art von äußerster Verzweiflung die Federn und alles vogelartige verloren hatte, so wie er selbst das Menschliche abzulegen fürchtete.

Nichts blieb ihm, es verrann alles, Ideen für Drehbücher, die er hatte schreiben wollen, die als wirrer Haufen von vergilbendem Papier Labyrinthe bildeten in seiner Behausung.

Das Kino, das ihm das liebste gewesen war, schloss, auch in andere Kinos zog die Stille ein, die Lichtferne. Es kam die große Krankheit des Kinos, das seine Gläubigen verlor. Nur ihn verlor das Kino nicht, er als Einziger glaubte an dessen ewiges Fortbestehen: Alle, die überlebten, die flüchteten, sich versteckten, die Verrat übten und verraten wurden, alle, die bereuten, alle, die auswanderten, alle, die als Menschen unter Menschen zu existieren versuchten, halb durchsichtig und so gut wie lebendig, wo sonst konnte man ihnen in die Sehnsucht hineinschauen, heilen am Elend, das alle betrifft. Aber keiner weiß etwas damit anzufangen. Und sie sagen: Wie gut es uns geht!

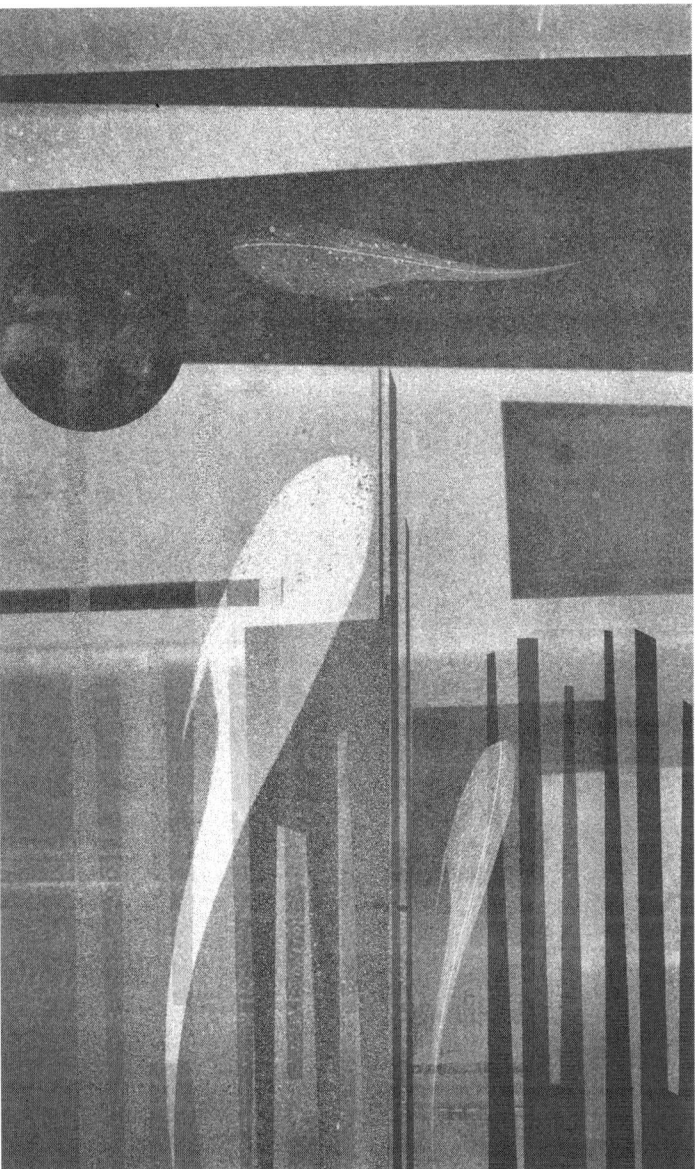

Fata Morgana

Der Monsignore F., der große Regisseur, ließ auf einem Festplatz vor der Stadt eine künstliche Straßenzeile aufrichten. Wo zuvor nichts gewesen war, standen nun die Straßen und Lichter einer längst vergangenen Stadt. Man suchte für den Aufbau der gewaltigen Kulissen Helfer! Giannis Herz wagte einen Sprung, er eilte hinaus, hinab an den Platz, vorbei an selbst im tiefsten Sommer pechschwarzen Hinterhöfen, an überquellenden Müllcontainern und toten Mauern entlang, die den Nachhall seiner Schritte verschluckten. Doch er konnte nicht weitergehen, als er über den großen Corso hinweg, über ein dichtes Gestrüpp aus Ginster und zerzauster Macchia hinweg die Szenerie sah: eine ferne Fata Morgana, überragt von Kamerakränen und Lichtwerfern. Und er sah das geschäftige An- und Abfahren von Lastwagen, das eilende Summen vieler Helfer … Was sollte er dort? So wandte er sich ab, kehrte um, wand sich den Gedanken an das Filmset aus dem Herzen, die Fantasien trieb er sich aus dem Kopf. Er ging nicht hin, als man nach Komparsen für eine Massenszene suchte. Was hätte er früher einmal dafür gegeben, dabei zu sein, wenn der Maestro die Kamera befehligte, die Massen, ihn! Aber vielleicht … hätte er dort auch auf den Rotkopf treffen müssen! Den Narbentragenden, den Enzo, der, dessen war er gewiss, ihn sofort als seinen ärgsten Peiniger erkennen würde. Dem, vor dem ihm die Sprache versagte, dem er Abbitte leisten musste und doch nicht wusste, wie.

VIII

Enzo
Lichtbilder

Mit der Haut von Sehnsucht
über alle Mühen lächeln

Sie hatten den ganzen Sommer miteinander verbracht, jede Stunde war ihre Stunde gewesen. Er hörte manche davon reden, dass es Arbeit sei, doch ihm war es ein Traum, ein Spiel. Verjagt war das Gedächtnis der Haut, die Erinnerung an mangelnde Wärme und mangelndes Licht, weder die Kälte des Winters noch die Nässe des im Nachtkörper des Winters aufgehenden Herbstes wusste er noch. »Wir sind Vögel«, sagte er und spreizte die Arme auf, die hellen. Eine gute Hand strich ihm durch das Haar, das frisch geschnittene, und jeden Tag fand er eine Sonne, die er lieben konnte, und wenn sie nur herbeigebracht worden war von den Beleuchtern, die als fröhliche Schatten selbst das Licht durchquerten.

Die Dreharbeiten schrieben sich ihm ein, jedes Wort, jede Geste des Monsignore, aber mehr noch: *Luisa*. Luisa vor allen anderen, Luisa, sanftes Licht auf nackten Fußspitzen, Luisa, in Träumen unaufhörlich gesagter und gerufener Name, so oft herbeigedacht, dass er Fleisch wurde. Geht sie an ihm vorbei, wirft sie Blicke aus wie Haken, Blicke, die ihn treffen, unter denen er gerinnt, was ist nur mit ihm? Er starrt angewurzelt, totensteif, wie das Licht in ihrem Haar fließt, wie die Augen feuern, und da vergisst er sich. »Luisa!«, schreit er, »ich will dich küssen!« Und sie, die ihn fortwährend aufspringen lässt, die ihn ködert und fortstößt, ihm Blicke hinwirft und zurückfordert, lacht ihn aus, lauter als er sie angerufen hatte: Quälend dieses laute Lachen, die erhobene Hand, die ihm abwinkt, ihre Silhouette, die vorüberzieht und verschwindet in einem Zelt oder in einem Bauwagen oder sonstwohin, ohne sich umzublicken. Luisa, die dunkelste Flüssigkeit des Sommers. Starr steht er da, hingerissen, er wird seinen bloßgestellten, auf den Knochen aufgerissenen Lebensmut zusammenkratzen und sie wieder ansprechen, und er wird von ihr träumen und in Gedanken jedes Grübchen, jede Linie ihres Gesichts, jede Geste, jeden Geruch durchgehen, in sich festschreiben und immer kunstvoller ausschmücken. Ihr Lachen, ihr Gurren, ihre Art, die Brauen zu heben, die Lippen kraus zu ziehen, die Falte oberhalb der Nase, wenn sie sich ärgerte … Die dichten Brauen, die Lippen, die so schön und so hart sein konnten, verhärtet, wenn sie aufbegehrte … als könne der Monsignore, ihr Brotgeber, ihr etwas befehlen. Nein, wie denn auch: Niemand befahl Luisa! Mit rot erhitztem Kopf konnte sie jeden in Grund und Boden reden, der ihr dumm kam.

Aber was sollte er tun? Nie fand er den richtigen Ton, nie wusste er, was er sagen , wenn sie aufmerksame Zuwendung forderte, nie wusste er etwas zu sagen, wenn sie, weich und fröhlich, auf ihn zukam, ihn neckte. Und wie sie ihn neckte! Wie sie ihm die Hände, die glühenden, auf den Kopf packte, vor die Augen, wie ihm sagte: »Komm – Geh – Bleib da – Lass mich.« Er erinnerte sich unauslöschlich an jedes Wort, es war mit Messern in seine Seele graviert. Doch der Sommer endete, die letzte Klappe, ein letztes Mal sagte der Monsignore: »Cut!«, und dann … war Leere um ihn.

Die Bauwagen, mit denen sie an den Drehorten ein improvisiertes Dorf errichtet hatten, verschwanden, alles verschwand, die Kamerakräne, die Markierungen, das ganze schöne künstliche Spiel wurde eingepackt. Er stand auf dem ausgeleerten Platz, er verstand nicht. »Wohin gehen wir jetzt?«, fragte er den Monsignore, der ihn traurig anlächelte. »Fundkind, Straßenkind, alles richtig gemacht, aber – der Sommer ist vorbei, mein Kleiner, der Zirkus packt ein. Troll dich. Mach es uns nicht so schwer.«

Er hatte im Kino einmal gesehen, wie ein Mann einen Hund, der ihm beharrlich folgte, mit solchen Worten fortschickte. »Orlinksi«, sagte er, »gibt es nichts mehr zu tun?«

Orlinksi schenkte ihm eine Schachtel Zigaretten. »Nein, jetzt arbeiten nur noch der Monsignore, der Schnitt, der Komponist … Aber ihr Schauspieler seid nun frei.«

»Ich kann nicht frei sein«, sagte er, ruft fassungslos: »Aber Orlinksi! Habt ihr denn gar nichts für mich?«

»Leider: nein.«

Die *Vogelscheuche mit Lockenkopf* ruft nach Ippolito, wo ist er nur … »Ippolito!!«, da hört er den fetten Assistenten in einem Lastwagen werkeln. Rennt hin: »Ippolito, du gehst auch?«

»Alle gehen«, sagt Ippolito, »der Sommer ist vorbei. Der Film im Kasten.«

»Was tun wir jetzt?«

»Nichts«, sagt Ippolito ganz erstaunt, »was sollten *wir* jetzt tun? Der nächste Film kommt bestimmt, aber bis dahin …Hilf mir mal, diese Kisten müssen eingeladen werden!«

Er trägt alle Kisten im Nu, läßt aber den Assistenten nicht vom Haken: »Sag schon, Ippolito, was machen die Schauspieler, wenn sie keinen Film drehen?«

Ippolito lacht: »Die sind zu Hause … oder sie verreisen. Ein paar gehen weg, ins Ausland. Verjuxen ihr Geld in Spielhöllen oder zeigen sich in drittklassigen Streifen. Und, ja, ein paar spielen im Theater.«

»Könnte ich nicht auch im Theater spielen?«

»Aber natürlich könntest du das«, sagt Ippolito ernst, während er Kisten stapelt, Scheinwerfer rückt, Absperrseile und Kabel aufrollt. »Natürlich müsstest du wohl eine Ausbildung machen, an einer Theaterschule oder beim Zirkus, nicht alle machen das, es ist deine Entscheidung.«

»Wie komme ich zum Theater?«

»Frag doch den Monsignore, der ist auch immer wieder am Theater.«

Er eilt zum Monsignore. »Monsignore!!«, ruft er außer Atem, er glüht vor Angst und Hoffen. »Ich will zum Theater!«

Und der Monsignore lächelt. »Sicher könntest du das«, sagt er, »aber es wird kaum gehen, was denkst du denn, wie viele zum Theater wollen oder zum Film …!«

»Aber ich habe es doch gut gemacht?«

»Du hast es sehr gut gemacht«, sagt der Monsignore, »mehr noch, wegen dir haben wir das Drehbuch geändert, haben viele Szenen für den Landstreicher dazugedichtet, nur damit wir mehr von dir im Film haben konnten, von deinem lustigen Lockenkopf und deinem hellen Gesicht. Aber jetzt ist der Film nun einmal fertig.«

Der Monsignore schenkt ihm ein Hemd, Ippolito schenkt ihm zwei Bücher, alle schenken sie ihm etwas, aber er will nicht beschenkt werden.

»Luisa!«, ruft er, »Luisa, was kann ich tun?«

Eine kleine, magere, kantige Hoffnung hat er noch. Er tut ihr leid, sie packt seinen Kopf, in den kein Verstehen hineinwill, und sagt, was die anderen sich nicht zu sagen trauten: »Zurück auf die Straße, mein Liebling. Straßenkind, hier kannst du nicht bleiben, wie denn auch? Wir treffen uns für einen Film, dann sind wir wie eine Familie. Wir lieben uns, wir streiten … Wir machen einen Film und dann … gehen wir auseinander, jeder zu seinem nächsten Auftrag, mancher nur nach Hause oder ins Leere. – Um Gottes willen, dachtest du wirklich, das würde ewig weitergehen, dieser Sommer, dieser Film?«

Sie weiß nicht, ob sie lachen darf, ihm zerbirst die kantige kleine Hoffnung, ihm ist nach Weinen zumute, nach Schreien, er setzt sich auf. »Ja, natürlich«, sagt er, »natürlich endet der Sommer ...« Er erhebt sich, er mag sie nicht ansehen, aber er hört zu, als sie sagt: »Du findest eine Arbeit, ganz bestimmt. Jeder von uns sucht sich jetzt neue Arbeit. Selbst Bertolino, der so dumm und eitel ist, findet immer etwas. Morgen zum Beispiel singt er in einem Ristorante. Nächste Woche trällert er einen Schlager im Radio, der Puterich ... Aber du, du bist doch nicht Bertolino, du bist nicht dumm, du bist nur ... verloren ... Du wirst dir doch etwas ausdenken können. Geh zur Kantine, dort suchen sie immer Leute. Oder zu den Beleuchtern, da fällt immer mal einer aus. Die schweren Teile trägt keiner gern. Sie sind froh, wenn so ein Junger wie du zupacken mag, wo sie zu alt geworden sind. Du findest etwas, das weiß ich. Und wenn der Monsignore wieder einen Film macht, holt er dich wieder ... Ganz bestimmt!«, sagt Luisa und er hört zu und nickt und sagt: »Ciao, Luisa!«

Sie hält ihn auf, umschlingt ihn: »Ciao, ist das alles, mehr fällt dir nicht ein? Gehst einfach so: nur ein Ciao?« Und sie küsst ihn auf den Mund, bevor er sich wegdrehen, davonlaufen, die Tränen verbergen kann, die sie nicht sehen darf.

Aber er ist keiner, der bettelt. Er geht nicht zu der Adresse, die sie ihm aufschrieb, das Letzte, das er sehen will, ist der Wagen der Ausstatter, der sich um die Kurve schiebt und seinem Blick entschwindet, und er ist keiner, der aufspringt, nacheilt und bittet. Er nimmt den Weg über die Schanze, er geht ins Gebüsch, er bleibt dort eine Weile, für sich, in fest verankerter Nacht.

Am nächsten Morgen eilt er die Treppen zum Fluss hinab, das Wasser stinkt nach Verwesung und Petroleum, er wird sich darin nicht waschen, nie mehr, er taucht in den Morgen ein, in die Menge, lässt sich mitführen von ihren Strömen, die ihn zu der fernen Pracht der großen Straßen treiben, zu Verheißungen.

Monate später sieht er an einem kleinen Kino ein Plakat hängen, die Ankündigung des Films – mit seinem Gesicht darauf! Eine seltsame Dunkelheit arbeitet in seiner Brust bei jedem Atemzug. *Il piccolo Cinema* liest er, eine Stunde oder länger streift er im Staub und Lärm der Umgebung herum, immer bereit zu einem Seitenblick auf das Plakat, und wann immer er glaubt, den Mut gefunden zu haben, an der Kinokasse um freien Zutritt zu bitten. »Das bin ich«, wollte er mit auf das Plakat gerichteten Händen sagen. Da sackt aller Mut wieder in sich zusammen. Jemand pfeift die Melodie eines bekannten Liedes, aber in verstümmelter Form. Fleischhauer laden rotes Fleisch in einen Lastwagen, ein Paar debattiert laut darüber, ob es angebracht sei oder nicht, in das Café einzukehren, ein Junge in abgerissener Kleidung, aber in der aufrechten Haltung eines anständigen Diebs geht hindurch zwischen den Leuten, ihnen Kleingeld, Tand und Papiere aus den Taschen mogelnd.

Tausende Möglichkeiten, diesen Tag fortzusetzen, eine seltsamer als die andere, bieten sich ihm doch nur Chancen, die faul sind, Möglichkeiten, die schon dahin sind, wenn er sie erkennt.

Eine Gruppe junger Männer geht ins Kino, drei Frauen in bunten Sommerkleidern gehen hinein, eine Mutter mit ihrem halbwüchsigen Sohn, und er kann nur denken: Gehen sie in meinen Film, in den Film des Monsignore? Und wieder stromert er an das kleine Kassenfenster des Kinos heran. verwegen ohne wirklich verwegen zu sein, bleibt er vier Schritte vom Fenster stehen, als tue sich einen Schritt weiter bereits ein Abgrund auf. Er fängt den Blick des Kassierers auf, hält ihn fest, lenkt ihn ans Plakat. Jetzt muss er es doch sehen, denkt er, die Ähnlichkeit der Gesichter, das muss er doch sehen, und ohne rechte Überzeugung sagt er: »Das bin ich.«

Aber etwas ist schiefgegangen. »Kind, ist es nicht besser, wenn du heimgehst?«, sagt der Hüne hinterm Fenster, und Enzo senkt den Kopf angesichts des drohenden Tonfalls. Ein Kind bin ich nicht mehr, würde er sagen, wäre er nicht wie gelähmt über der Erkenntnis, dass sein Gesicht zwar groß und deutlich zu sehen ist, nirgendwo aber sein Name. Wie könnte er nun, wenn er gefragt würde, beweisen, dass es wirklich er ist, der in diesem Film …?

Gar nicht.

Seine Seele schwindet dahin in der schrecklichsten und schmerzlichsten Verwirrung: Aber wenn das doch er ist, und wenn er in einem Film mitspielt – wieso darf er nicht sehen, was der Monsignore gemacht hat …? Er versucht es wieder, entschiedener, und als der Kassierer, ohne auch nur noch aufzuschauen, ihm sagt, er solle sich zum Teufel scheren, da geht er vorbei, überspringt die Barriere und wird, als er sich in den Eingang wenden möchte, von einer solchen Ohrfeige zu Boden geworfen, dass ihm einige Minuten das Blut aus dem Kopf weicht. Fern klingen alle Stimmen um ihn, nichts verhüllt seine Schande, als die kräftigen Pranken eines Türstehers ihn auf die Straße befördern. Er hört noch, bevor er sich aufrappeln und davonstolpern kann, wie den an der Kasse Wartenden erklärt wird, es habe wieder einmal einer dieser Herumtreiber versucht, sich eine Gratisvorstellung abzuholen.

Der schwierigste Augenblick des ganzen Tages kommt dann, wenn er sich auf der Straße befindet und kein Obdach weiß, wenn er sieht, wie der Tag entschwindet an den Horizont, wo sich die Sonne zu einem funkelnden, beinah tröstlichen Glühfaden verkleinert hat, der langsam im harten Blau einer langen Nacht sich auflöst.

Mitfühlende Nacht,
die du mir folgst:
Nimm meine Schritte vom Erdboden.

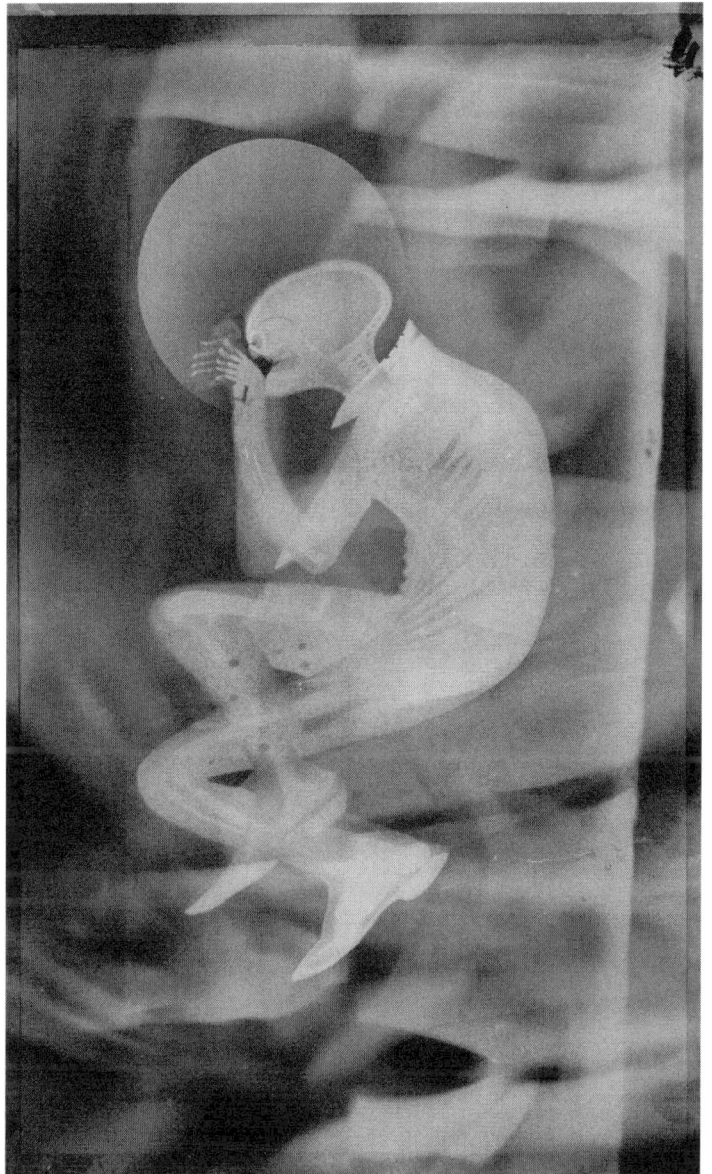

IX

Monsignore

Lichtbilder, Briefe, wartendes Tagebuch, Kinokarten, eingeroll-
te Herbstblätter: das nachlässig bemalte Glück jener,
die kaum sichtbar,
deren Kinder ohne Kräfte aufwachsen, die nicht erschrecken
vor frischem Blut auf der Erde,
Menschen, selbst noch zu sehr Kind,
um Kinder großzuziehen,
doch jede Kindheit
löst sich im Gras auf,
eine Erinnerung noch, die sich
unter einem Maulbeerbaum krümmt, lange und hartnäckig,
schmerzend zwischen Herz und Kehle,

schweigende Münder voller Erde:
Und jene, die fortgehen, warum fragt man sie nichts,
warum fragen sie uns nichts?,
warum gehen sie schweigend
im ehrlichen Licht des Tages und lassen ihre Stühle auf der
Straße stehen, als gäbe es eine Wiederkehr,
und jene, die zurückbleiben, blicken
aus den immergleichen Fenstern
in die Vergangenheit;
Und niemand kann es bestreiten: Es kommt ein anderes Licht,

und die Menschen, einfache Menschen,
verharren in ihren Umlaufbahnen,
der Tag versinkt schwerfällig in der Stadt,
die mit Menschen gefüllt ist:Gebt ihnen täglich neue Namen,
sichtbar für alle, die da noch kommen werden
und gehen.

Man sage seinen Namen:
er hat keinen,
bis zu diesem Tag,
da er in offenen Seelen räubert
wie in einem erbeuteten Tagebuch.
Niemand sprach seinen Namen,
sprach man von ihm.
Sprach man von ihm,
so hieß es: er zeichne
in schlaflosen Nächten mit silbernem Stift
auf die Gesichter der Träumenden.

Was weiß man schon
über den Monsignore, den Filmemacher,
den schwarz gewandet im Rollstuhl sitzenden Befehlsgeber?
Nichts, weniges, das meiste vermutet:
weggestorben sind ihm
die Liebsten, die Liebste
und er nicht mit ihnen.
Verdammt zu leben
hat ihn seine furchtbare Lebenskraft

aufrecht erhalten,
er wird wohl nie wissen,
wie das ist, Kinder zu haben.
Wie er sich das Leben träumt,
ist es nie gewesen.

Mit fünfundzwanzig hat er
die unheimlichen grinsenden kleinen Pferdediebe erfunden
oder auf den Straßen abgefilmt,
räudige Menschlein
im zerrissenem Ornat der Gosse,
aufgezogen vom Lärm der untersten Gassen,
Kinder vieler Mütter und keines Vaters,
gierig fressen sich die Satten
durch sein Kameraauge
einen Schmerzbauch und blutige Lippen,
durch die weißen Zähne
der jugendlichen Melonenesserstößt der Krieg.
Hautnah heran gehen seine Augen
an die kleinen Hände
der noch kindlichen Diebe,
die schon jede Gewalt kennen.
Der grausamste Garten Eden
verbirgt sich in den schwarzrandigen
Augen junger Mörder.

Gleichgültiger als irgendein Kind
sein kaputtes Spielzeug wegwirft,

wirft der Monsignore weg
die Puppen, seine Marionetten
aus Fleisch und Blut,
denen er für sämtliche Ewigkeiten
ein kurzes Leben schenkt.
Auf den Straßen schnellt
die vertraute Musik heimatloser Schatten,
Staubwesen, Lichtknäuel,
die ihre Hände bald schon nur zwischen Gefängnisgittern noch
ins Licht strecken.Unvollständige Leben,
denen er ganze Jahre hinweg folgt,
so dass er ein ganzes Leben und
alle Leben in sich aufnehmen kann.
Wie in einem Katalog aufgezählt
sind die Leben seiner Marionetten,
ihr Geheimnis kann ergründen,
wer den Preis einer Eintrittskarte
aufzubringen vermag.

Das ungeheuerliche Langustenkind,
das auf einem maroden Kreuzfahrtschiff
versteckt gehalten wird,
blind geworden
in einem Versteck,
ganz und gar Stimme geworden,
betritt es am vierten Tag der Schöpfung
den Film des Monsignore,
ein Menschenwesen in einer Bühnenszenerie,

umrundet von barocken Satyren, Nymphen,
Meerespferden und weißhaarigen Halbgöttern,
das Licht an Deck,
mit den schönen Handbewegungen
und dem blassen klaren Profil
eines vollendet unwirklichen Wesens
spricht es Sprünge
in die glaszarte Membran der Welt.

Sobald die Sonne ausglimmt,
wenn das Zwielicht aushärtet
zu völliger Dunkelheit, lässt sich
traurig die einfältig aus Papier und Holz
aufgerichtete Illusion erkunden,
und der Monsignore spricht:
In zweimal vergessenen Geschichten,
in den staubigen Kleidern der Gewissheit
ruhen die größten Tragödien,
zwischen den Feinden Schlaf und Ruhe.

Der Monsignore, der gelähmte Prophet,
ist kein Dieb, kein Parasit,
sucht gottesungleich nach dem
wahren Beginn der Schöpfung:
noch riecht die Welt stark und rein,
wendet sich kein Wort gegen dich,
gehört jeder Tag den Lebenden,
es kann nie anders gewesen sein.

Man sage seinen Namen: Er hatte keinen, bis zu diesem Tag.
Niemand sprach seinen Namen,
sprach man von ihm,
so hieß es: Du bist es. Ich bin es.
Niemand sagte seinen Namen,
er war nur dies: der Monsignore.
Vertraue uns, sag uns deinen Namen.

in der Tarnung des Allmächtigen
ist er die eigentliche Stimme
der Entmachteten, der Verstoßenen.
Wer sich schon in Sicherheit wähnt,
darf nicht seine Filme sehen:
als bestünde der ganze Erdteil
einzig aus Brandherden, aus einem
endlosen Stolpern in die Tiefe:
Fäuste, schnelle Augen, Baracken
aus Luft und Brettern, Musik und Gift,
im Flutlicht bekannte Gesichter
in ausweglosen Tagträumen dahindämmernd.
Was er zeigt, der Allmächtige,
verschafft der Lust echte Zähne
und dem Unruhesein schnelle Schritte –

Mag sein, mag sein, dass seine Gehbehinderung ihn
so besonders furchtsam machte, dass er,
wäre er nicht furchtsam,
entkommen wäre aus dem Weltbrand,

dem Winter, dem Blutverlust.
Und keiner, der ihn rettet,
keiner, der entkommt: Abblende, Finis,
ein Mensch hat sich einen anderen
als Narbe erwählt.

Sagt seinen Namen,
seinen richtigen Namen.

Dabei ist, was er uns vorführt
als Weltuntergang
am Ende nur ein Flammenschlag
aus dem brennenden Haus
der unbestimmten Hoffnung,
dort, wo Haut sich berührt,
endlos und schmerzlindernd.

So wird ihm jeder Film, jedes Einzelbild
seiner mächtigen Visionen
zur verdichteten Hoffnung
auf etwas Menschlichkeit,
auf den blauschwarzen Stich des Glücks,
das wuchern sollte, heilend, maßlos,
die seidenen Kurven der Dämmerung
steigen höher an wunden Häusern,
setzen ihm die vorsichtigen Tatzen
an die Kehle, an seine Kehle:
Er willigte jedes Mal ein.

Wie Papier zerreißbar ist
sein Auge, schwarz geworden zum Fluss,
in seinem Blick ruht die Sprache,
ein herrenloser Hund aus Klang,
eine heiße Waffe, die aus der Frontlinie
eines zerschmetterten Lebens
eine Spur aus Blut nachzieht:
Sein ganzes Leben
aus dem Gleichgewicht geworfen
als sähe er alles zum ersten Mal:
er hat sich eine Schlinge gelegt
aus hochgefährlichen Spielen,
ein wiedergefundenes Paradies,
aus dem man ungern
zur rechten Zeit nach Hause kommt:
Elle und Speiche des Totentanzes,
mit kristallenen Kameraden sprach er
und mit dem Rauch in hohen Säulen.
Träume muss man wegschenken,
sagte er.

Sagt seinen Namen, ihr Marionetten,
sagt ihn laut,
als Geschenk,
damit er sich selbst erkenne
in euch.

X

... und konnte es nicht nähren

Schütze mich
vor dem tiefen Fluss,
der eigensinnig die Zeit auswäscht,
der die Welt entwurzelt,
wenn ich in den Schlaf sinke.

Ein Jahr schon war Enzo zurück auf der Straße, und doch fand er sich nicht mehr zurecht in diesem Dasein: seine alten Schutzräume waren verloren, die Höhlung unter der Ruine gehörte nun einem anderen, der ihn mit rüden Worten verscheuchte. »Was willst du hier?«, rief er. »Mir gehört der Platz jetzt, geh oder ich schlag dich tot!« Wo an der Brücke, geborgen zwischen Büschen und einem betonierten Vorsprung, sein Quartier für den Winter gewesen war, lag fett wie eine Raupe ein schwerfleischiger Mensch in seinem Schlafsack und trieb ihn ebenso fort. Und er suchte weiter: Hinterhöfe, Autowracks, nie vollendete Rohbauten, Holzstapel der Sägereien, verlassene Gehöfte, Flaktürme aus dem Krieg, das weitläufige und bis an die wie mit einer steinernen Klinge eingefassten Ufer des Flusses reichende einstige Gelände der Weltkulturausstellung, auf dem nun Gras wuchs und die wilden Feuer der Entwurzelten … Immer weiter trieb er den äußersten Rändern der Stadt zu, in Springkrautwildnisse und die gesetzlosen Schattenränder der Außenbezirke, wo er sich schon verloren glaubt zwischen den rostroten Ackerflächen und den kleinen Häusern von Bauern, die ihre mageren Ziegen auf von Flaksplittern des vergangenen Krieges aufgerissenen Wiesen weiden ließen. Er ging mit schmerzenden Füßen an Bahnlinien entlang, er hatte kein Auge für die Gesichter der Kinder, die ihn aus den Waggons heraus beobachteten, ihm Grimassen schnitten, sich wunderten über den Kerl, der sich im Zugstaub dem Abend entgegentrug. So geriet er auf seinen immer weiter hinausführenden Wegen endlich in die letzte Vorstadt, in die Straße der Kindheit … ihre Straße der nackten Kinderfüße …

Eine Stunde ging er auf und ab vor den alt gewordenen Häusern der Kameraden, die ihn niemals als einen der ihren hatten aufnehmen wollen, und dennoch überlegte er, ob er nicht anläuten sollte in einem der Häuser, um ein bekanntes Gesicht aus Schultagen zu sehen. Doch er tat es nicht. Es genügte ihm die Vorstellung, dass zumindest hier alles unverändert sein mochte. Nun waren die Kindheitsmenschen in ihren Häusern, er aber war ein *Gassenmensch*, ein *Straßenmensch*. Wo ihr seid, will ich nicht sein, dort gibt es keinen Himmel, nur Rechnungen, Zank, Schläge, Tränen. Natürlich waren die Kinder von einst keine Kinder mehr, und was sollte er denen, die schon damals nichts mit ihm anzufangen wussten, auch abbetteln außer einen Blick des Mitleids? Was würden sie einem wie ihm schon geben? Um eine Unterkunft betteln konnte er nicht, das verbot ihm sein Stolz. Sollte er die Hand aufhalten für etwas zu essen und damit sich preisgeben in all seiner Verlorenheit? Niemals. *Ihr habt euch verloren, in mir seht ihr nur den, der tief unter euch steht, den Obdachlosen, den Senzatetto ... Ich bin aber dauerndes Erinnern, alles in mir ... Ich bin ein Speicher. Lasst mir nur einen Moment, um zu erzählen ...*

So warf er sich zurück in die Strömung, immer trieb es ihn dorthin, wo sie gefilmt hatten und wo nun nichts weiter als weiße Flecken im stoppeligen Gras an die abgerissenen Bauten erinnerte und an die Feuerstelle, wo sie allnachts gesessen hatten und die jetzt ein matschiges Loch war. So sehr er auch witterte: Er nahm kein Echo mehr wahr von dem Lachen, das ihn hier mit den anderen Menschen verbunden hatte.

Er konnte die Stadt nicht verlassen, woanders gab es nichts, das ihn lockte, er blieb angebunden an den wärmenden Schatz seiner Erinnerungen. So verbrachte er Nacht für Nacht im Dickicht aus Ginster und Lorbeer, das ihn wenig schützte vor der Kälte. Dann war auch das Gestrüpp nicht mehr Schutz genug und er räuberte Decken aus offenen Wäschekammern und wickelte sich fest ein.

Er liebte den Blick hinauf in den Himmel, direkt hinein in die von violetten Wolkenschleiern zerrissene und aufgelöste Nacht, unwirklich wie ein Theaterhimmel. Hier war er und nur er und alles blieb so lange wie er blieb.

Der November legte die Knochen der Stadt bloß, Windstöße warfen sich gegen Menschen und Mauern, Wellen von Kälte trieben ihn aus seinem Versteck, so dass er herumgehen musste, um bei Kräften zu bleiben. Er wusste schon – man hatte es ihm gesagt – dass der eisige Wind den Willen zerbricht und seltsame Märchen in ausgekühlte Körper bläst. Er kannte Geschichten von Männern, die mit einem freundlichen Lächeln auf dem Gesicht erfroren waren. Oft musste er mit ansehen, wie das Feuer, das er so mühselig zum Leben erweckt hatte, langsam verlöschte: dann stand er da, zu ausgefroren, um etwas zu empfinden, zu müde, um ein neues zu entfachen. Er lief herum, bis er das Feuer eines anderen fand und schüchtern fragte, ob er sich daran etwas erwärmen dürfe. Der kleine stumme Reigen der Wärmesuchenden dachte nicht an Wärme, an die Hitze eines seltsam unwirklich erscheinenden zurückliegenden Sommers. Sie standen eng beisammen, schweigend, blicklos, und sobald Enzo wieder eine Ahnung von Wärme besaß, bewegte er sich leise fort, vorbei an den Wunden des Winters.

Manchmal rannte er gegen den Wind, als gelte es, mit wilden Schwimmzügen auf dem höchsten Kamm einer hereinbrechenden Wasserwelle zu bestehen. Da konnte er nicht anders und lachte sich die Kehle heiser, die Lunge schrie er sich heraus vor Wonne, Hitze brandete durch alle

Glieder und manchmal wurde er, noch bevor die Sonne den Horizont berührte, von der eigenen Energie zerrissen und aufgelöst.

Man konnte ihm nichts wegnehmen.

Ende Dezember hatte er sich wieder in seinem Versteck eingerollt, als Hände das schützende Gesträuch wegbogen, als Gesichter in seinen Blick einbrachen: »Vogelscheuche?«

Da schoss er hoch, strengte die Augen an, öffnete die Nüstern, schüttelte sich: Sah er, was nicht sein konnte? Da war der Orlinksi, da war der Monsignore, der ihm schon zurief: »Du erinnerst dich doch an mich, nicht wahr?« Und Orlinksi, den Rollstuhl sanft durch das unebene Gelände leitend, fügte in gespieltem Ernst hinzu: »Er erinnert sich nicht, unser Fundstück! Wir sind zu lange schon nicht mehr hiergewesen.« Und der Blick auf ihn veranlasste Orlinksi, den Monsignore zu fragen: »Der da, ob er schon lang hier gewartet hat?«

Sie nahmen ihn mit in dem langen schwarzen Lancia des Monsignore, der sich aufwärts schraubte in den Himmel, hoch hinauf über die Stadt, über die Menschen hinweg, aus deren Leben der Monsignore fortwährend erzählte und die er, wie manche behaupteten, nicht liebte, sondern zutiefst verachtete.

Überwältigt von einer urplötzlichen Müdigkeit schlief er drei Tage lang, matt wie ein Vogel, der aus dem Himmel stürzte, er hätte das Essen und Trinken vergessen, wenn nicht Orlinksi ihm etwas gebracht hätte. Orlinksi saß an seinem Bett, und er lag stumm in die weichen Laken vergraben, als wäre er todkrank. Er war zu glücklich, um etwas sagen zu können.

»Wann hast du zuletzt in einem Bett gelegen?«, fragte Orlinksi ihn endlich, und Enzo sagte, das wisse er nicht. Während seine Lungen sich langsam wieder mit Luft füllten und er das Atmen und die Trockenheit und die Wärme des Zimmers in der Villa des Monsignore zu genießen begann, kehrte er auch in jene granitene Dunkelheit zurück, die ihn seit den späten Sommertagen umfangen hatte.

»Es ist schwer zu erklären«, sagte der Monsignore zu ihm. »Erst als wir den Film schnitten, als wir uns die Szenen mit dir ansahen, wussten wir, wie wertvoll du bist. Aber du warst fort, spurlos verschwunden … Nicht einmal Luisa wusste etwas über deinen Verbleib. Wir haben dich suchen lassen. Ich hätte wissen müssen, dass du dich von keiner Streife einfangen lässt. So mussten wir warten. Es war Orlinksi, der mich auf den Gedanken brachte, dort zu suchen, wo alles angefangen hat.«

Er denkt an diesen ersten Sommer, seinen Sommer, an die sonnenverbrannte Haut, an das Licht der Scheinwerfer, an die künstliche Welt, die er nie mehr hatte verlassen wollen und die dann um ihn herum abgerissen wurde, bis er, dem in diesem Sommer der erste helle Bartflaum gewachsen war, sich allein fand, einsamer als zuvor. Er hatte ihnen seine Seele anvertraut, so sicher hatte er sich gefühlt ... und dann waren sie gegangen.

Wut flammt hoch, als sie gemeinsam hinabschauen auf die Stadt, in deren Eingeweiden er es noch vor Tagen ausgehalten hatte ... Der Winter ist lang ohne Geld, ein einziges frostersticktes Ausharren, sich um den Hunger knoten und um einen helfenden Gedanken. Winter, kalt, und er besitzt keinen Mantel, kann sich nur in Entschlossenheit kleiden. Er erinnert sich nur zu gut an frühere Winterjahre, als er darum gebetet hatte, dass jemand ihm behilflich wäre, einen geborgenen Ort zu finden, wo er sich ausstrecken könnte ... Ein wenig Wärme, ein wenig Ausruhen, die Kälte macht jeden Schritt dreimal so schwer. Aber in jenem zurückliegenden Winter, an den er nun denken muss, war alles voller feindlicher und achtloser Menschen gewesen, es war ihre Kälte, in die er sich eingehüllt fühlte, am Rande einer Straße, als er einschlief unter einer Bank, nur bedeckt mit einigen Pappen. Erst hatten Wind und Kälte zugebissen, erbarmungslos rissen sie an ihm, dann hatte alles sich ins Gegenteil verkehrt, war er versunken in den warmen Dämmer des Todes, der ihm den Körper erhitzte ... Enzo wäre wohl nie wieder aufgewacht, hätte nicht ein anderer von seiner Art, ein beleibter, fast zwei Meter großer Hüne namens Bibilin, diese leblose Straße für seinen Heimweg gewählt, noch aufgewärmt von einem Mund voll Wein und einem Lied, und so hatte er unter den Pappen die Füße herausragen sehen … Schöne Schuhe hast du, Kamerad, habe er gerufen, erzählte Bibilin später, aber die Schuhe gehören bald einem Toten wenn du hier liegen bleibst …! Und weil Enzo schon ganz in fernem Feuer schmorte, packte ihn der Alte, schrie ihm ins Ohr: »Und wenn dir dein Leben auch nicht lieb ist, aber hier kannst du nicht abkratzen, du machst ja die armen Kerle von der Stadtreinigung traurig …«

Und Enzo, so zur Gänze in Kälte eingehüllt, sagte nichts, und der Alte fasste ihm an die Stirn und spürte das Feuer im Körper. Noch einmal Wärme, dann für immer kalt, habe Bibilin gesagt, und es sei ihm selber kalt geworden bis an die Haarwurzeln, er konnte Enzos Erfrieren ganz deutlich spüren. So wie Enzo viele Tage später in Bibilins kleiner Behausung aus einem Traum hochfuhr, in dem er all das mit der Klarheit eines Films gesehen hatte. Noch immer glühte er, Decke und Leintuch waren feucht vom Schweiß, und Bibilin saß vor dem Bett und drehte sich eine Zigarette. »Soso, er lebt also«, sagte der Alte, dem ein wilder Bart das rosige Gesicht in zwei Hälften teilte: Ein oberer Teil, von wildem weißem Haar beherrscht, unter dem zwei gütige dunkle Augen das Lachen nicht verlernt hatten, und der Teil unter dem Bart, wo sich in einem grauweißen Stoppelfeld lilafarbene Lippen von geradezu kindlicher Glätte zeigten. »Als ich mal beinah erfroren bin«, sagte der Alte, »floss mir auch der Schweiß reichlich, habe zwei Zehen und einen Finger eingebüßt, und dass meine Nase nicht schön ist, liegt auch daran. Was hast du dir nur gedacht, dort liegenzubleiben?«

116

Nichts habe er denken können, gar nichts, antwortete Enzo, er sei gelaufen, so lange er es eben konnte, und habe dann, weil es die Müdigkeit nicht anders zugelassen hatte, sich dort verkrochen …

»Jaja«, lachte der Alte und schob die glimmende Zigarette auf die lilafarbenen Lippen, so etwas muss man einmal erlebt haben, dann gehört man zur Brüderschaft der Straße, jetzt bist du einer von uns. Hast du einen Namen? Hast du ein Messer? Hast du einen erfrorenen Zeh? Dann bist du einer von uns.«

Der Alte schenkte ihm Zigaretten, obgleich er selber kaum genug hatte, einmal brachte er ihm eine Zitrone in sein Versteck, ein anderes Mal das Foto eines schönen Mädchens, das er vor einem Fotofix entdeckt hatte. Zu zweit hatten sie vor dem Foto gekauert und sich gewundert, wie jemand nur so schön sein konnte, und dann hatten sie beide an die Frauen denken müssen, denen sie gerne gehört hätten. Als Bibilin vor den Bus gelaufen und einige Meter weit in den Tod geschleudert worden war, hatte Enzo geweint, wie er um seinen Vater und um seine Mutter geweint hatte, aber zur Beerdigung war er nicht gegangen. Er konnte nicht noch einmal hinabschauen in ein Loch in der Erde, die alle Körper verschlingt, verdaut und vergisst …

Von all dem und noch mehr hätte er dem Monsignore berichten können. So vieles band Enzo an diese Stadt, doch er fand keinen Frieden mit ihr. Nicht mit ihr und nicht mit dem Regisseur, der ihm immerfort ins Gesicht sah, dessen Blicke durch ihn hindurchgingen bis aufs Knochenwerk.

»Du lebst nicht auf der Straße, wenn du es nicht auch kannst!«, ballt Enzo die Fäuste. »Was kennst du schon von mir?«, fährt er den Monsignore an. »Du kennst nur mein Filmbild, das du auf große Plakate hast drucken lassen, nur mein Gesicht, nicht einmal meinen Namen dazu …«

»Du liebes Leben«, sagt der Monsignore, »ich mag deine ein wenig zu stark angeschrägten, ein wenig zu sanften Augenlider, dein flammrotes Haar, dein Gesicht, dem alles abzulesen ist, deine Kraft und Angst, Kindheit und Unverfrorenheit, deine Unverschämtheit, deinen Lebenswillen gegen jeden Gauner, der dir mit vorgestreckter Klinge etwas rauben wollte, womöglich sogar das Leben.«

Enzo reckt das Kinn hoch: »Was wollt ihr von mir? – Mein Gesicht? Meine Armut? Meine Stimme?«

»Ja«, nickt der Monsignore, »alles, alles, das alles!«

»Ihr kennt mich nicht! Ihr besitzt mich nicht …! Ihr ertragt keine Minute von meinem Leben! Und wo ich immer noch Freude finde, seid ihr schon längst tot …« Er will nicht zornig sein und ist es doch. Er will in dieser Nacht warm und sicher in einem Bett liegen, aber die Gesichter des Monsignore und des Orlinksi machen ihn wütend, weil sie lächeln. »Seid ihr besser als ich? Ihr erhebt euch über mich, weil ihr unbeweglich seid, angebunden, ich bin mehr als ihr, weil ich nichts bin!«

»Jaja!«, klatscht der Monsignore zu seiner endlosen Bestürzung Applaus. »Ja!«, ruft er, »Du bist, was ich sein könnte, was so viele wären, hätten sie nur einen Funken Verstand und Mut …! Man blickt auf dich herab, auf dich Lumpenbündel, und spuckt Verachtung in dein Gesicht. Aber du kannst gehen! Du bist frei! Dein Körper ist gesund und kräftig. Du kannst gehen! Gehen wohin du willst und wann du willst! Einer wie du ist viel mehr als einer von meiner Sorte!«

Enzo will zornig bleiben, seine Hände zucken, bereit, den Mann im Rollstuhl zu schlagen, doch dann fällt alle Wut in sich zusammen: Was ist der alte Mann schon, was hat er ihm schon angetan? Einen schönen Sommer schenkte er ihm, dem Niemand von der Straße. Und jetzt gibt er ihm ein Zimmer. Es ist richtig, dass er den Monsignore nicht schlägt, sondern sich abwendet, forteilt in sein Zimmer, in dem er sich so lange verbirgt, bis er ruhig atmen kann. Auf den Monsignore, denkt er, wartet nur der Abgrund, ein Sarg von Salvatore Colfini aus Trastevere, gebaut aus Wandbrettern, die man aus einer Kirche riss oder einer Villa. Darin einmal wird der Alte liegen, ein Holzkreuz, ein Medaillon mit einem ausgeblassten Foto darauf, kein Lied, kein Wort.

Der Monsignore bietet ihm an, den Winter in seiner Villa zu verbringen und seinen Aufenthalt mit kleinen Arbeiten zu begleichen.

»Welche Arbeiten?«, fragt Enzo. »Ich kann doch nichts, was ihr benötigt!«

Der Monsignore lacht auf, hell und gelöst, fast wie ein Junge lacht er in diesem Moment und auch Orlinksi lacht. Sie zwinkern einander zu.

»Bezahl uns mit Worten«, sagt Orlinksi.

»Erzähl uns dein Leben«, verdeutlicht der Monsignore. »Du bist doch der, durch den die ganze Stadt hindurchgegangen ist, der mehr gesehen hat als alle anderen!«

Enzo erblasst, senkt den Kopf. Stumm und verwirrt steht er am Fenster und ahnt die Kälte in der Stadt, im Land und blickt in die Gesichter seiner Retter.

Orlinksi fragt ihn, was er habe. Enzo schweigt. Er denkt: Erzählen? Das ist die einzige Ware, die er verkaufen kann, kostbarer als sein Körper, als sein Leben: seine Geschichten. Wie aber soll er erzählen, was sich nicht aussprechen lässt?

In der Nacht träumt er vom Sommer, von Luisa, immer wieder Luisa. Was für die anderen tiefste Nacht ist, ist für ihn eine lange Wanderung durch das verblasste Licht eines verblassten Traums. Sie hat ihn auch nicht festhalten wollen, auch sie nicht ...! Aber hatte sie ihm nicht gesagt, dass sie ihn mag, und hatte nicht sie ihm den Kuss gegeben zum Abschied? Warum kann er sich nicht die Gedanken an die Vergangenheit aus dem Kopf reißen, denkt Enzo. Nur dann wäre ein bisschen Glück möglich.

Die Villa des Monsignore liegt hineingewoben in alte Weinberge, umgeben von Zypressen, deren Stämme nicht Jahrhunderte, sondern Jahrtausende an sich vorüberziehen sahen. Die Villa steht dort, wo die Anhöhen im Sommer so hitzeverbrannt sind, dass man aus der Ferne glauben musste, man blicke auf stumpfes Gold. Aber Enzo ging selten hinaus, lieber verkroch er sich in den schattigen Räumen der Villa: fand sich staunend vor den bis unter die hohen Decken ragenden Bücherschränken, von denen er sofort gewusst hatte, dass sie dem Monsignore seine scharfen Worte und seinen alles durchdringenden Geist eingegeben hatten. Die Bücher selbst zerschrammt und besät mit holzkohlenschwarzen Zeilen, in denen er sehr zur Freude des Monsignore ausdauernd geblättert hatte. Ja, er feuerte ihn an, Bücher herauszunehmen. So hatte Enzo, ohne den Inhalt aufzunehmen, die Seiten durchblättert in der Hoffnung, etwas zu finden, dass ihn und den Monsignore aneinanderbinden könnte. Er verwartete die Tage. Ein gefügiges Warten, das die Zeit aushebelte.

Ob sie nicht etwas von Luisa wüssten, fragt er eines Morgens.

»Warum fragst du?«, kommt flink, eine Spur zu schnell und zu heiter die Rückfrage Orlinksis.

Enzo bekommt heiße Ohren, sein Gesicht glüht. Er greift nach etwas auf dem Tisch, lässt den Gegenstand in den Händen kreisen ohne hinzusehen. »Was willst du denn mit dem Briefbeschwerer, Kind?«, neckt Orlinksi. »Ah, bist du etwa in den Briefbeschwerer verliebt, ja?«

»Wer ist verliebt?«, will der Monsignore wissen.

»Niemand«, sagt Enzo schnell, »ich schon gar nicht.« Und er stellt den Briefbeschwerer zurück: Eine Wölfin, an

121

deren Zitzen drei nackte Säuglinge hängen. *Mama Roma*, denkt er. Das ganze Haus des Monsignore ist voller solcher Dinge, die etwas erzählen müssen. Jeder Gegenstand scheint sich ihm zuzuwenden, ihn anzubetteln: *Hör dir meine Geschichte an.* Aber er mag nicht hinhören und er will sich nichts ausdenken. Das sind nicht meine Geschichten, denkt er traurig, diese Geschichten gehören niemandem mehr, auch nicht dem Monsignore, der es nur noch nicht weiß. Er räubert fremde Geschichten, weil seine eigenen sich von ihm abwenden …

Er dreht sich weg vom lauernden Gesicht Orlinksis, der keine Geheimnisse aushalten kann und ihn weiterznecken muss: »Soso, also niemand ist hier verliebt, aha. Na ja, dann ist es ja egal, was mit Luisa ist.«

»Lass ihn!«, herrscht der Monsignore Orlinksi an, um dann, leise, an sich allein oder an seinen Freund gerichtet, in den abwartenden Raum hinein zu sagen: »Sie ist weggegangen, wie du.«

»Weggegangen«, wiederholt Enzo betäubt. »Weg.«

Enzo liebt den Monsignore. Er fürchtet sich vor ihm. Er hört ihm aufmerksam zu, aber die Worte des Alten gehen in ihm auf mit schrecklichen Blüten. Er träumt von den unheimlichen Bildern, die der Monsignore auf die Leinwand seiner jungen Seele malt. Der Monsignore lässt ihn Bücher lesen, die ihm die Ruhe nehmen, und wenn sie abends durch den parkartigen Garten der Villa gehen, sieht er in den verwachsenen, in sich selbst verschlungenen, wie unter enormen

Schmerzen in die Höhe gewachsenen Zypressenstämmen menschliche Gliedmaßen in unausdenkbarer Entstellung und es hilft nicht, wenn Orlinksi ihm sacht die Hand auf die Schulter legt und ihm ins Ohr flüstert: »Er meint es nicht so … nimm das nicht zu ernst … Seine Fantasie kennt kein Ende und keinen Ausweg.«

Orlinksi weicht niemals von der Seite des Monsignore, er trägt ihn freundlich, wenn mit dem Rollstuhl kein Vorankommen ist, er bringt ihn zu Bett, er bindet ihm die Schuhe und zieht die Falten der Hosen gerade. Orlinksi ist nicht irgendeiner, sondern ein Freund aus den frühesten Kindheitstagen des Monsignore, angebunden an ihn durch eine alte Schuld, die sich ihres Grundes längst entledigte. Orlinksi ist Mutter und Bruder, Haushälter und Spielkamerad, Spion und Pfleger, und kein hartes Wort des Monsignore kann ihn, so scheint es, verletzen oder kränken. Da ist immer ein sanftes Lächeln in den Mundwinkeln des breiten Gesichts, das niemals Spuren von tiefer Freude oder tiefer Trauer zeigt, sondern gleichbleibend dieses alles hinnehmende Lächeln.

Enzo liebt und verehrt und fürchtet den Monsignore.

Er fürchtet sich nicht vor Fremden, nicht vor Tieren, nicht vor der Nacht, nicht vor Kälte und Einsamkeit und unerfüllten Träumen – nur vor dem alten Mann, in dessen Kopf diese sich allem anhaftenden Träume hausen, Träume, die in alles hineinsickern, das um sie herum ist. Der Monsignore, sagt Orlinksi, lebt im Innern einer erfundenen Welt, er weiß nicht einmal, ob diese Erfindung seine ist oder die eines anderen oder vieler anderer, und ob die vielen Sehnsüchte, die er hegt, seine eigenen sind … oder ob er sie irgendwann einmal von jemand anderem aufgenommen hatte.

Am Ende des Gartens blicken sie von einer Erhöhung nieder auf die Stadt, die jeden Abend glimmt und glüht. Der Monsignore blickt mit kindlicher Verzückung auf dieses strahlende Ungeheuer, sein Finger richtet sich mal hierhin, mal dorthin: »Dies ist die Geschichte der Romana Vicenzi«, beginnt der Monsignore, »die sieben Söhne hatte und keinen behalten konnte …« Und er zeigt an eine andere Stelle und sagt: »Dort stand der Palazzo der Familie Fescomini, deren jüngster Spross sich schon im Alter von vier Jahren …« Aber er konnte nicht zuhören, denn alle Geschichten begannen fröhlich und endeten traurig, wie die Filme des Monsignore.

»Im Grunde«, sagt Orlinksi leise an sein Ohr, »erzählt der Monsignore in seinen Filmen alles, was er selbst einmal gesehen und erlebt hat. Was für ein Gewicht all diese Geschichten haben!«

Enzo versteht das alles, wenn er sieht, wie der Strom und die Nacht und die Lichter die Stadt in betäubender Schönheit auf eine nachtschwarze Leinwand malen. Und so, wie er bei den Filmaufnahmen einen ganzen Tag verwarten konnte, bis die Sonne sich endlich hinter Wolken versteckte, damit endlich alles genau jene Schatten zeichnete, die der Monsignore sich vorstellte, so wartete Enzo auf etwas, das in dieser Nacht passieren würde oder in einer anderen Nacht.

»Wenn man die Stadt mit unschuldigen Augen betrachtet«, sagt der Monsignore in sein Ohr, »ist diese Stadt unerträglich schön.«

Monsignore, stellen Sie mir nicht nach, denkt er, rauben Sie mich nicht aus. Ich will nichts mehr hören. Ich verstehe diese Geschichten nicht, die so alt sind und voller unerlöster Seelen. – Aussprechen kann er das nicht. Er ahmt das freundliche Lächeln Orlinksis nach, die Verstellung gibt ihm eine kleine zerbrechliche Sicherheit.

Die Villa des Monsignore wird ihm eng. Als draußen die Luft wieder mild wird, als der Geruch von feuchter Erde, knospenden Obstbäumen, warmem Regen in die Villa dringt, als er schon wach liegt, wenn der Nachthimmel sich erhellt, als er nicht herausfinden kann, was mit Luisa ist … packt er leise ein, was ihm gehört. Nichts von dem, was sie ihm schenkten, wird er mitnehmen.

»Das ist doch Unsinn«, hält Orlinksi ihn fest, als er aus der Tür schlüpfen will, »wo willst du denn hin, da ist doch nichts …!«

»Hier kann ich nicht sein«, sagt er.

Er weiß nicht wohin er gehen will, ob er Luisa suchen will, aber hier kann er nicht mehr sein.

Er denkt an die vertrauten Straßen der inneren Stadt und an seine langen Wanderungen durch die Carragi, die engen Gassen mit den uralten Patrizierhäusern, die sich einander würdevoll entgegenneigen, er denkt an die Abende, als er sich leerlief und immer einen fand, der ihm etwas zu essen zusteckte. Er kann es Orlinksi und dem Monsignore nicht erklären, wie er ihnen nie etwas erklären konnte, aber er weiß: Er will verschluckt sein, aufgehen in der Stadt, er will nicht länger beobachtet werden und ihnen sein Leben als Pfand für ein warmes Bett und Essen auf Porzellantellern überlassen. Alles schrieb Orlinksi auf, wenn Enzo beim Abendessen erzählte, er schrieb es in ein kleines Buch hinein und glaubte wirklich, Enzo sehe es nicht. Eines Abends war Enzo matt vor Zorn in den Garten geeilt, als Orlinksi, leise und wiederum im Glauben, Enzo bekomme es nicht mit, dem Monsignore zugeflüstert hatte: »Das ist gut, wirklich gut!«

»Ich kann hier nicht sein«, sagt Enzo und löst Orlinksis Hand von seinem Arm, »ihr habt alles von mir bekommen.«

XI

Bronze

wie plötzlich alles Leichte
und Wahre auf ihren Lippen sich wiegt,
wie er nächtens hundertfach
auf ihren Atem lauert,
der ihm rücklings und eigensinnig
ins Herz gewandert –
ein schmächtiger Engel,
der Fischbüchsen öffnet.

1

Wenn ich, den sie nie beim Geburtsnamen nennen, den sie nur als Monsignore ansprechen, jemals so etwas wie einen Sohn hatte, dann bist du es. Und du weißt es nicht, willst nicht wissen, wie sehr ich dich liebte, wie sehr ich um dein Wohlergehen besorgt war.

Du bist mein Kind, Enzo.

Als Vater habe ich das Recht, alles über dich zu wissen.

2

Du warst nicht dankbar, mein Kind. Halb verhungert fanden wir dich, päppelten dich auf, und was wollten wir dafür? Ein paar Geschichten nur, ein paar deiner Geschichten. Du gabst mir wohl einige, aber du mochtest mir nichts mehr erzählen, Enzo, vielleicht glaubtest du wirklich, schon alles erzählt zu haben. Deine kostbarsten Geschichten behieltest du für dich. Nein, das stimmt nicht, Luisa durfte alles erfahren. Ihr hast du alles erzählt, und sie – Enzo, mein Lieber, du musstest doch wissen, dass sie uns berichten würde …! Mir …! Orlinksi …! Wir waren doch deine wahren Eltern, nicht wahr. Wir haben dich erfunden, mein Streuner, mein Überlebenskind. Wie gut, dass wir dich wiedergefunden haben, Enzo, und dass wir Luisa wiedergefunden haben. Es gibt keine Unterbrechung. Es war erstaunlich einfach, die richtigen Verbindungen herzustellen.

3

Luisa war deine große Liebe, deine erste, deine einzige Liebe. Sie aber behandelte dich wie einen Freund. Das genügte dir nicht. Wie konnte es auch! Sie spazierte mit einem gelben Sonnenschirm einher. Eine Königin. Wie ihr Haar in der Sonne glänzte, wie sie leuchtete, nicht wahr, ein Mädchen aus Bronze und Zinn und Licht. Wir erinnern uns an ihre schwarzen Locken, an ihre dunklen Augen, die in jeden eindrangen. Eine scharf beobachtende Katze. Jetzt denkst du an ihre Hände, die zupacken konnten, keine Arbeit scheute sie. – Sag, erinnerst du dich an das große Taschenmesser, das sie sich schenken ließ, um sich damit die Burschen, die ihr auf dem Heimweg auflauerten, vom Hals zu halten? – Ach, richtig, das Messer hatte sie von dir, Enzo. Du hattest es ihr geschenkt von deinem Lohn für den Film. Das ganze Geld dieses fernen Sommers verjubeltest du für Geschenke, Geschenke für Luisa und die anderen, jedem wolltest du etwas geben und hattest kaum genug Lire dafür … Und was schenkten sie dir für Dummheiten: Schuhe, ein Hemd, der schöne Bertolino schenkte dir eine Kiste Orangen. Und war es nicht Ippolito, der dir ein Klappmesser schenkte? Für deine Zeit nach dem Film, auf der Straße. Der wusste schon, dass du wieder dort enden würdest. Und sagte er nicht zu dir: Das Leben ist gefährlich, du musst dich wehren können, piccolo Enzo …

4

Du mochtest mich nicht, ich war streng zu dir. Aber du mochtest Ippolito, weil ihr euch gut verstandet. Er nannte dich einen Freund. Er konnte dir nicht raten, was du wegen Luisa unternehmen solltest, die niemand erobern konnte, die sich heraussuchte, wen sie behalten wollte. Ihre Liebe kam stets unerwartet, unvorhersehbar wie Hitze oder Regengüsse oder Krankheit. Wenn ich jetzt darüber nachdenke, so ist mir klar, dass sie in dir so etwas wie einen kleinen

Bruder sah oder eine Art Kind, etwas, um das man sich mit aller Liebe kümmert, aber mehr kam nie in Frage.

5

Um dir selber Mut zu machen, gingst du zu den Männern, die derbe Reden führten und prahlten, wie sie jeden Abend zu den roten Frauen gingen, ja, sie prahlten, ich habe dies getan, ich habe jenes getan. Sie sprachen darüber, als sagten sie: Ich habe gegessen und getrunken. Und Ciro nahm dich mit zu den *roten Frauen*, es kostete nicht viel Geld, und wenn man mit ihm ging, kam es bestimmt nicht nur zu Kinderspielen. Es wollte dir damals nicht in den Kopf, dass Frauen an so etwas Gefallen fänden, du fandest jedenfalls keinen Gefallen an den hastigen Umschlingungen, an den schnellen Akten in verschwitzten Laken. Das muss wohl so sein, dachtest du, nachdem du dir das eine Weile angesehen hattest, aber du selbst gingst nicht noch einmal zu den Roten, darüber wunderten sich alle, nur nicht Luisa, die natürlich wusste, wen du wirklich begehrtest.

6

Arvane … so arm war dort alles, so ernst. Aber jetzt, mit vielen Jahren Abstand, hat alles einen begütigenden Schimmer bekommen, nicht wahr, als habe man das stumpfe Metall zu einem edlen Goldton poliert, als dringe Licht in Winkel, die damals nur schwarz waren …

Ein düsteres Loch war die Wohnung, in die ihr nach dem Tod des Vaters umziehen musstet. Dunkel war es, in den Wänden krochen Insekten, das Schaben hast du noch im Ohr, die Insektenhorden, die das Haus aushöhlten zu jeder Jahreszeit … Du erinnerst dich, wie die Kälte im Winter die Wände durchdrang und dir ihren eisigen Atem aufs Gesicht blies, nicht wahr? Heute verkriechst du dich in deinem Kopf, denkst du an die Fahrt mit Luisa, Luisa an deiner Seite, ihr Körper im Schlaf an deinen geneigt, dass du den herben Duft ihres Haars einatmen konntest.

7

Mit Luisa fuhrst du nach Arvane. Es war mitten im Sommer und das Land kannte keine Grüntöne mehr, alles war zu Abschattierungen von Rot und Ocker und Sepia verbrannt in diesem Sommer, in dem sie dir keine Ruhe ließ, Enzo – sie hatte alles über dich wissen wollen. Aber du bliebst schweigsam. Was soll ich sagen über mich, sagtest du, ein dummer, schlaksiger Junge, unbeholfen vor lauter Verliebtheit, der mit geschlossenen Augen von besseren Tagen träumte, die es nie gab.

Du wusstest natürlich, dass der Fiat, mit dem ihr nach Arvane fuhrt, nicht ihr eigenes Auto war, aber du wolltest nicht wissen, ob sie es geliehen oder gestohlen hatte. Ihr fuhrt durch verlassen scheinende Straßen, vorbei an Hausgerippen und versperrten Fensterläden, die sich, geschlossenen Augen gleich, aus Hitze, Dunst und Verlassenheit fortträumten. Dir wurde der Leib schwer von all den Ortsnamen, deren Klang dir so vertraut war: Corbola, Crespino, Villanova ... und der Horizont wog nichts.

Luisa fuhr viele Umwege durch diese Stadt ohne Ende, die an diesem Tag unter einem Glutdeckel schlafend hingestreckt lag. Das Auto knackte vor Hitze. Luisa stellte es ab, unverschlossen ließ sie es stehen in dieser Seitengasse, die dir so bekannt vorkam ... Die Sonne stand noch so hoch oben über glühendem Asphalt und feuerheißem Pflaster, auf dem ihr ins Stadtinnere gingt, vorbei an einem leeren Café, in dem der Padrone hinter einer abgestellten Kaffeemaschine mit offenen Augen schlief, vorbei an einem Kino, aus dem Pistolenschüsse klangen (»Ein Western«, lachte Luisa erleichtert, es hatte so echt geklungen), vorbei an dunklen Mietshausgevierten, in denen Alte und Kinder so regungslos matt im Schatten auf etwas abendliche Kühle warteten, dass man sie für Statuen halten mochte.

8

Luisa fand ein Hotel, fünf Stockwerke, Veranden, Terrassen, große Fenster, vielleicht war dieses vielstöckige, würdevoll zerfallende, im Innern dunkelrot verputzte Albergo, in dem sie euch ein Zimmer mietete und auch gleich bezahlte, einmal ein Palast gewesen. Nun aber nahm es euch Pilger auf mit der düsteren Attitüde eines jeder Zuversicht verlustig gegangenen Adeligen, der sich noch ein allerletztes Mal zu Würde und Haltung aufrafft. Im Zimmer wurdet ihr winzig klein: die Decke thronte vier Meter über euch, ein monumentales Bett stand vor einer dunkelhölzernen Wand, ein wahrer Saal, musstest du denken.

Luisa riss trotz der Kühle im Raum und der draußen lauernden Hitze die Fenster auf, beugte sich hinaus, um einen Eindruck von der Größe der Stadt zu gewinnen. In diesem Augenblick kommt ihr alles außerordentlich und neu vor, an diesen Fernblicken will sie sich betrinken. »Wo«, rief sie zu dir hin, »liegt dein altes Viertel?«

Und du, todmüde, als habe die Reise dich alles gekostet, antwortetest: »So weit draußen, dass man es von hier aus nicht sehen kann.«

»Warum«, fragte Luisa enttäuscht, »sind wir dann hier und nicht dort?«

Du: »Weil es dort kein Hotel gibt, weil man dort gar nicht übernachten kann, da ist nichts.« Und: »Ich denke nicht, dass es das Viertel überhaupt noch gibt.«

Damit ihr Erschrecken nicht in Angst umschlägt, fragt sie in schwerelosem Tonfall weiter: »Warum sollte es nicht mehr da sein – bestimmt ist es da – Arvane war nicht klein – es lebten viele Menschen dort, nicht wahr?«

Und da – zum ersten und zum einzigen Mal – musstest du sie anschreien, weil sie wohl nicht verstehen wollte: »Weil es das ärmste aller Viertel war, weil es dort nichts gab, was sich aufzuheben lohnte! – Weil es dort draußen nicht einmal den Teufel gab, nur Dreck und Verlust! – Bestimmt haben sie das Viertel längst abgerissen oder eine Straße darüber gebaut oder was weiß ich …! – Lass mich in Ruhe, hörst du?«

Aber Luisa kannte dich gut, und du wusstest auch, dass sie sich davon nicht abschrecken ließ, und wundermild und weich antwortete sie, als hättest du nicht die Fassung verloren: »Morgen gehen wir hin, und jetzt legen wir uns auf den kalten Boden und schlafen, bis die Hitze fort ist. Dann suchen wir uns etwas zu essen.« So plapperte sie weiter, nur um dich nicht allein zu lassen.

9

Ihr gingt durch Getreidefelder, die ab und an ein Industriegebäude zerschnitt, alte Gehöfte, die verfielen, silberne Weiden über ausgeblichenen Mauern: kalkigweiße Knochen inmitten braungelben Getreides. Die Hitze schluckte alle Laute.

Sicherlich hättet ihr auch auf der Straße gehen können, aber das war wieder so eine Idee von Luisa: »Lass uns von der Straße gehen, in den Feldern wird es etwas kühler sein.« Doch es wurde nur schlimmer. Die totgerösteten Halme, die aufgerissene, fast weiße Sommererde atmete einen Brand aus, eine Glut, dass jeder Atemzug in der Lunge schmerzte. Wie die Tiere schüttelt ihr den Kopf, um die Hitze loszuwerden, und immer wieder musstet ihr innehalten. Der Schweiß kniff dir die Augen zusammen, und als du sie wieder öffnetest, da stand sie vor dir, ein lebendiges Bild: Da stand deine Mutter als junge Frau inmitten der Getreidefelder! Das war sie, in dem grauen Kleid, ihrem einzigen Kleid. Alles Kopfschütteln und Augenschließen und Augenaufmachen und Zähneknirschen konnte das Bild nicht vertreiben.

»Das ist – sie!«, riefst du und packtest Luisas Hand, »vorwärts, dorthin!« Und in der irrsinnigen Eile, mit der dein Herz dich dem Traumbild zutrieb, fielst du – »Verdammt noch einmal!« – auf die ziegelsteinharte Erde, in den Staub. Aufstehen! Weiter! Weiter! Luisa, die Arme, hielt dich zurück: »Warum hast du es denn gar so eilig?«

»Aber da ist doch …!«, sagtest du, und dann – einen Wimpernschlag später – wusstest du nicht weiter. Denn da war sie natürlich nicht, deine Mutter. Es war nur der gespaltene Stamm einer Weide gewesen. »Natürlich … nicht«, sagtest du, erwachend, während die Traurigkeit dich ganz klein presste. So hieß dich deine Kindheit willkommen – Arvane, Buschwerk und Unrat.

Luisas kindliche Verwunderung, vielleicht gar ein Vorwurf: »Warum sagst du nichts?«, während ihr, durstige, staubgewandete Gespenster, in einem nahen Zypressengang einen kühlenden Augenblick lang innehieltet, um Atem zu schöpfen. Ihr wart dem Ziel keinen Schritt näher gekommen. Ihr wart im Kreis gelaufen.

»Ich weiß nicht, wo wir sind«, sagtest du, als wäre damit alles gesagt, was es im ganzen Leben je zu sagen gibt.

Weit vor euch sahst du Kinder in tiefen Schatten spielen, kleine Tagträumer, die, als sie euch bemerkten, rasch auseinanderjagten und eins wurden mit den Baumschatten. Waren sie die Einbildung, oder wart ihr die Einbildung? Was ist schon wirklich im goldüberstäubten Schwarz des Landes, wo jedes ungesprochene Wort ein schmerzender Smaragd deiner durstigen Erinnerung ist.

»Ich habe Hunger … und Durst«, drängte Luisa euch in die Hitze zurück, »suchen wir uns einen guten Platz zum Ausruhen.« Und als du nicht aus deinen Träumen auftauchtest, fügte sie seufzend hinzu: »Enzo? Na! Erinnerst du dich noch an deine Freundin Luisa? Na? Weißt du noch?«

Da warst du ihr ganz wund an den Hals gefallen. »Wie kannst du sagen, dass ich dich vergessen könnte?« Später musstest du sie umso öfter ansehen und denken: Sie ist schöner als die Sonne.

10

Luisa war besessen von Menschen, Namen und Dingen. Wo du Schmutz und Steine sahst, sah sie lauter Geschichten, Namen, die ausgesprochen werden wollten, vergessene Märchen, die sie neu erzählen wollte. »Sieh nur!«, rief sie immer wieder, als könnten diese in Begeisterung ausgestoßenen Worte deinen verschlossenen Mund aufbrechen. Aber du konntest nichts sagen, und als ihr auf die vertraute Anhöhe kamt, von der man hinunterblickte in die Niederung von Arvane, da gab es nur das Zurück in deine Kindheit, und als ihr, im pulvrigen Ockerstaub des Hochsommers, in die Überreste von Arvane hineingingt, Hand an Hand wie zwei Kinder, da verlor auch Luisas Mund alle Worte.

11

Das zu einem Dauerton zusammenfließende Schaben der Zikaden hüllte euch ein, sonst gab es nichts zu hören, kein Menschenton, weder in der Nähe noch von Ferne. Da standet ihr, im rostgoldenen Ruinenland, Luisas Plappermäulchen ganz verzagt jetzt. Aus der Verzagtheit – wie sie sich an dich schmiegte, gleich einem Kind, das sich fürchtet! – konntest oder wolltest du sie nicht befreien, es war doch schließlich ihre Idee gewesen, hierher zu kommen! – Du hättest gut damit leben können, nichts von alldem wiederzusehen, und nur, weil sie dich immer wieder fragte, woher du stammtest, wer deine Eltern waren und du sie mit schlecht ausgedachten und noch schlechter ausgesprochenen Lügen neugieriger und neugieriger machtest, seid ihr nun – hier in Arvane – nur weil sie dir drohte. Du dachtest, sie meine es nicht ernst, denn immer schienen ihre vollen Lippen von einem Lächeln beglänzt, aber sie meinte es ernst: »Man lügt mich nicht an! – Wenn du mich anlügen willst, bist du mich los!«

Also erzähltest du Weniges, Umrisse nur, Skizzen eines Lebens, das auch ein anderes als deines hätte sein können.

Sie forderte mehr. Mehr. Immer mehr. Zählte dir die Worte von den Lippen ab: »Das ist noch nicht genug!« Sie wollte mehr als die farblosen Halbsätze, mit denen du deine Kindheit hinreichend beschrieben glaubtest. »Freunde«, fragte sie, »du wirst doch Freunde gehabt haben, nicht wahr, jeder hat doch Freunde?«

Aber: »Nein«, sagtest du, »nicht ich. Bestimmt wollte ich Freunde und es hat vielleicht ein paar gegeben, mit denen ich befreundet sein wollte. Aber es waren keine Freunde. Sie lachten über mich. Sie sahen mich nicht. *Das Gerippe* nannten sie mich, weil ich so dünn war, *Pigmeo* nannten sie mich, *Peregrino*, der Seltsame, bestimmt gab es noch mehr Namen, mit denen sie mich schmückten.«

»Warum mochten sie dich nicht?«, forschte Luisa und fuhr dir ins Haar und über das Gesicht. »Hast du auch sie angelogen?«

»Aber natürlich habe ich das«, gestandest du ihr, »ich habe alle angelogen. Ich habe immer gelogen. Der, der ich war, war nicht gut genug. Darum erfand ich einen, von dem ich dachte, sie könnten ihn mögen. Aber ich war kein guter Lügner.«

»Ich weiß das«, sagte sie. Eure Körper spiegelten sich in Glasscherben, für ihre unfassbare Freundlichkeit, für die Reinheit ihres Blickes liebtest du sie so sehr, dass es schmerzte.

12

Die Treppenaufgänge sind voll Gebüsch, ausgeleert sind die Fenster, aufgegeben seit Jahren die Wohnungen, Zuflucht nur für die Dohlen, die einen halb gelangweilten, halb neugierigen Kreis über euch drehen, bevor sie, ärgerlich nachschimpfend, wieder dort verschwinden, wo vor Jahrzehnten du wohntest mit deiner Mutter – und kantig spaltet die Erinnerung an deinen Vater einen Augenblick der Ruhe. Wie sehr du ihm ähnlich sein wolltest: Kräftig und zäh mit kurzer, kräftiger Statur, mit schönen Augen und rabenfederschwarzer Haarpracht. Ihm waren die Herzen zugeflogen, nicht wahr? Aber nicht dir, dem Kümmerling, an dem der Blick der Mutter hing voller nie endender Sorge: Was soll man ihm bloß geben, dass er wächst, dass er sich kräftigt, ein Strich ist er. Oder sagte nicht eine Nachbarin: »Da steht schon der Grabdeckel offen, in dem der mal verschwindet.«

War es nicht so?

Ihr seid allein mit den Schwärmen von Vögeln und Faltern, die unter der Sonne taumeln. Elio, denkst du, Gianni, denkst du, Gianni, dessen Freund du so unbedingt sein wolltest und der dich abwies, von dem du nichts verlangen durftest, nicht einmal Verständnis für deine Sehnsucht, einer von ihnen zu sein. Hier war es, ja, hier, wo man die mageren Körper der Jungen durch die Treppenhäuser und Höfe jagen hörte, ein laut zwitschernder Schwalbenschwarm, dunkel verbrannte Sommerhaut, du hörst noch die hellen, spitzen Freudenschreie durch alle Mauern dringen.

Wenn sie einander zu fangen versuchen, kann man kaum sagen, wie viele es sind … Sie kommen aus allen Häusern der Siedlung, nichts hält sie in den Wohnungen, sie gehen früh aus dem Haus und kehren erst spät heim, ihre Mütter wissen oft nicht, wo sie sind und sind nicht unglücklich darüber. Manchmal hört man eine Mutterstimme in das Geschrei der Kinder schneiden, dann erklingt ein Name, *Remo!*, *Mirella!*,

Francesco!, Tonino!, und das Kind, dem der Name gehört, jagt hinein, und für die anderen geht es weiter, das Spiel in den Häusern, hinter den Häusern, und, je höher der Sommer steigt, aus der Siedlung hinaus, in die aufgelassenen Steinbrüche, die die Erwachsenen die Crudeltà nennen.

13

Die Crudeltà, hier wächst nichts als Steine, hier zeigt das Land bedrohliche Spalten, tiefe Abgründe senken sich jäh hinab, Vulkane, so sagen die Leute, hätten hier alles gekerbt, und die von Macchia bedeckten Hügelketten erinnern an Krallen, die sich ins Erdreich bohrten vor langer Zeit und einen Horizont gab es nicht. Wo die Sonne nicht alle Schatten fortbrennt, sengen diese sich tief ins Erdreich und geben ihm die Farbe und den Geruch von Feuer. Hier führen keine Straßen hindurch und die Kinder nehmen ihren Weg zu den Steinbrüchen an aufgelassenen Häusern vorbei, mit eingesunkenen Dächern und eigenartig dunklen Räumen, in denen sich immer etwas zu bewegen scheint, jedenfalls für ihre jungen Augen.

Aber sie bleiben nie lange genug stehen, die Kinder von Arvane, um sich ernsthaft ängstigen zu können vor diesen Relikten, und bevor das aufgeheizte Erdreich ihre Fußsohlen verschmoren kann, eilen sie schon weiter, immerfort rennen sie, in unbestimmter Zahl, und ihr Anführer ist Gianni mit seiner dunklen Haut, der kräftigen Statur, den schönen Augen, dem rabenfederschwarzen Haar, der hat schon eine Männerstimme, als alle anderen noch mit Kinderstimmen klirren. Dieser Junge kennt jeden Flecken in der Gegend, es scheint, als habe er dieses Land schon gekannt lange vor allen anderen. Niemals kommen sie an einen Platz, an ein Versteck, das er nicht zuvor ausgekundschaftet hat. Hier …, sagt er, dorthin …, bestimmt er, und überhaupt: Dieser Junge ragt immer heraus, dem macht keine Ohrfeige etwas aus, und kein Streich, den er sich ausdenkt, wird ihm je übel genommen. Dieser Junge wärst du gern gewesen – oder wenigstens der beste Freund dieses Jungen. Doch du bliebst der Abgewiesene, Gedemütigte, der Einsame.

14

»Wo die Menschen fort sind, gibt es auch nichts mehr zu erzählen«, sagte deine Mutter einmal, daran denkst du, als ihr die Treppen hinaufgeht: Alle Fenster sind herausgebrochen und alle Türen … Ihr seid im Haus und doch im Freien, ein Schattenort, jetzt nur den Strom der Erinnerungen kleinhalten! – Deine Schritte hemmen sich: furchtbar, diese Kindheitsruine, die Stille auf jedem echolosen Schritt, dieser saure Geruch von Verfall und Vergessen. So seltsam, dieses Herumgehen in einem toten Ort! Du hast Mühe, eure Wohnung zu finden in der Gleichförmigkeit der ausgeleerten Etagen. Ein riesiger Hohlraum der Erinnerung, und du, der Erinnernde, bist hier unzugehörig.

Wer auch immer hier mitnahm, was es noch zu entfernen gab, handelte gründlich: keine Tür mehr, kein Fensterladen, nur Scherben und Staub auf dem Boden und die Hinterlassenschaften der Tiere, die sich das Haus durch die Jahre aneigneten. Die Erinnerungen sind ein Gewand aus Stille.

»Hier«, sagtest du, und ihr wandtet euch nach links: zwei Räume, vogelnesteng, Fensterlöcher hinaus ins Dunkel. »Meine Kammer«, erklärtest du, als ihr vor einem nun ganz lichtlosen Loch standet, an dessen Stirnseite die etwas weniger schwarze Fensterhöhlung einen Blick auf Brachland, Dunst, ferne Vogelschwärme zeigte. Einst waren all diese Räume ausgefüllt mit Möbeln und Gerüchen und Klängen …

Luisas taumelnde Worte: »Wo stand dein Bett? – Schlief dort deine Mutter?« Sie klammerte ihre Fragen an das Trümmerinventar, eine erbarmungslos dich ausfragende, indiskret herumlaufende Fremde.

Du warst zornig, aufgewühlt, was fragte sie immerfort? »Was geht es dich an? Ich wollte fortgehen … Fort sein für immer ... und nie mehr zurückkehren! Und jetzt stehe ich hier …! Weil du es so wolltest! Bist du nun zufrieden?«

»Nicht ich wollte das«, sagte sie zu dir, »Enzo, *nicht ich*.« Du hast erst nicht verstanden, was sie dir damit offenbarte. Alles hat sie mir erzählt, alles, was du nur ihr hattest anvertrauen wollen.

15

Luisa ging an deiner Seite, hielt deine Hand, schaute, schnupperte, betastete, aber wenn sie es nur verstünde, denkst du, wenn sie wüsste –!

Luisa war eine gute Schauspielerin, sie spielte dir etwas vor, während sie sich doch zurücksehnte in die Stadt, und sie glaubte auch nicht mehr, dass meine Idee, dich nach Arvane zurückzubringen, eine gute Idee sei.

»Monsignore«, sagte sie später zu mir, »es war furchtbar grausam, ihn dorthin zurückzubringen. Und wozu das alles? Sie hätten jemand anderen dafür suchen müssen, jetzt ist alles zerstört, er wird mir nie mehr vertrauen!«

Aber sie gehorchte mir doch, sie lauschte dir alles ab und würde mir alles berichten, später, viel später, und ich musste dich, Enzo, nie mehr fragen. Aber Luisa konnte nicht mehr zurück. Sie war nun, unwiderruflich, Teil dieses Tages, dieser Nacht, der Nächte, Teil deiner Reise. Sie erwies dir den größten Liebesbeweis, dessen sie fähig war – sie erbat für dich eine feste Arbeit im Studio.

16

Du hast mehr als genug Gründe, mich anmaßend zu finden, und ich hätte umgekehrt mehr Arbeit damit, diese Gründe zu entkräften als zuzustimmen. Ja, ich bin anmaßend. Du musst aber wissen, Enzo, dass meine Anmaßung immer einhergeht mit Liebe, und dass ich immer maßlos sein musste, um zu erreichen, was ich erreichte. So habe ich meinen Platz in der Welt eingenommen, indem ich all ihre Grenzen einzureißen gedachte. Aber das gelingt nicht, ohne die Spuren eines Lebens in dieser Welt wie ein Mal zu tragen, und diese Spuren sind nun einmal Verletzungen.

Verletzungen, die ich selbst trage, und Verletzungen, die ich zufüge. Zufügen musste, denn ich wollte immer einer der Ersten sein, die in ein wahrhaftes Paradies blicken, und sei es nur für einen kurzen Moment. Aber das wahre Paradies habe ich nie entdeckt. Ich konnte es nur im Spiel mit Licht und Ton und mit euch finden, meinen Schauspielern, von denen du, meine wundervolle Kreation, der beste und der seltsamste warst, denn du hast nie verstanden, welche Magie sich zwischen Kamera und Darsteller entfaltet.

Du bist immer ein Kind geblieben, Enzo. Von wem ließe sich so etwas sagen?

XII

Elio. Gianni.
Die Schwerkraft der Zeit

Noch weiß niemand
etwas über das Labyrinth,
noch leben wir
vor der Ewigkeit,
fern der Lügen des Morgens.

1

In den ersten Jahren im Zirkus floss die Zeit angenehm dahin, sanft trug sie ihn unter dem roten Zirkuszelt. Sie gehörte ihm, die Zeit, er konnte sie packen und festhalten. Ein Zirkusreiter, das schwarze Haar wie ein Helm, wenn er vom Pferd sprang und einen Augenblick, wie es schien, in der Luft stand, so konnte er bewirken, dass der Augenblick unendlich schien.

So sollten sie ihn in Erinnerung behalten: ein schwereloser Mensch, dem die Zeit, die Schwerkraft, die Tiere, die Musik gehörten.

2

Gianni erwartete ihn nach der Vorstellung am Zelt, sagte: »Elio! Bist du es? Erkennst du mich?« Und Elio, überrascht von einer urplötzlichen Müdigkeit, benötigte einen Moment, ehe er in dem hageren Mann Gianni Cavelli erkannte, den Kindheitsfreund, und eine große Leere breitete sich in ihm aus. »Gianni«, antwortete er, »du bist das.«

So lange haben wir uns nicht gesehen, dachte Elio, wir haben nichts voneinander gehört. Unzertrennlich als Kinder schrieben wir uns in so vielen Jahren nicht eine einzige Zeile. Keinen Brief, keine Nachricht. Er dachte an das Gefühl der letzten Sonnenstrahlen auf der Haut, damals, in ihrer Straße, an das Brennen in den leer gelaufenen Kinderbeinen, die den ganzen Tag schwindelerregend weit gerannt waren. Die Sonne ging unter, ein violettes Feuer über dem geöffneten Rachen der Nacht.

»Gianni«, wiederholte Elio, als müsse er den Klang des Namens prüfen, »sag, wie geht es deinen Eltern, wo lebst du?« Gianni. Es ist derselbe Gianni, mit dem er mit dreizehn Jahren obszöne Kritzeleien auf die frisch verputzten Mauern der Schule kratzte, derselbe Gianni, mit dem er sich in Gedanken unterhalten hatte, wenn er nicht weiterwusste. Er denkt an die Zeit, als alle Zukunft etwas so Vages und Unberechenbares gewesen war wie die großen Wellen auf dem Meer, die noch weit vom Strand entfernt sich aufbauen und dem Land nur die Ahnung eines hellen Dunstes voraussenden.

Vor Elio steht ein Gianni, der dem Gianni seiner Erinnerungen in nichts gleicht.

Ein Fremder, der ihm ausweichend antwortet, dass das Leben manchmal *Umwege* mache.

»So ist es wohl«, antwortete Elio. »Oft war ich in der Nähe unserer Heimat«, fährt er fort, »man kommt herum mit dem Zirkus ... Manchmal waren wir vielleicht nur getrennt durch einen Fußmarsch, manchmal getrennt durch leere Ebenen, die man in Wochen durchreist, in denen an manchen Tagen nicht einmal der Wind seine Stimme erhebt. Aber ich wusste ja nicht, wo du lebst, und du nicht, wo ich war.«

»Wir waren wie Brüder«, sagte Gianni, »und jetzt wissen wir nicht einmal, wer wir sind.«

Man müsste. Man sollte. Man wird.

Elio empfindet nichts für diesen Fremden, von fern kratzt ein dürres Bedauern an seiner Gleichgültigkeit.

»Ich freue mich so, dich zu sehen, Elio«, sagt Gianni.

»Ja«, antwortet Elio.

Brüder.

Über ihren Köpfen explodieren weiße und schwarze Sterne.

»Jetzt essen wir«, sagt Elio und nimmt Gianni mit hinter das Zelt.

Die anderen haben sich schon hingesetzt: Pina reicht Wein und Wasser, Roberto trägt eine große Schüssel Pasta herbei, Hände reichen sich Brot, sie haben Hunger und essen rasch, nach Fleisch und Salat holt Angelina die Gitarre und beginnt zu singen, die anderen lehnen sich zurück, kauen Oliven, zerteilen Früchte.

»Ist es immer so bei euch?«, fragt Gianni im Zigarettenrauch.

»Nicht immer«, sagt Elio. »Manchmal hungern wir. Heute ist ein guter Tag.«

»Als du gingst«, sagt Gianni, »dachte ich, du würdest bald zurück sein. Dann bist du fortgeblieben. Dann ging ich fort und dachte, bald werde ich zurück sein. Ich dachte, wir würden wieder zusammen sein wie früher. Ein paar Jahre sind schnell vergangen und … Ich wusste schon nicht mehr, wie deine Stimme klingt.«

3

Niemand fragt Gianni nach seinem Namen, er gehört vom ersten Augenblick an zu ihnen denn er gehört zu Elio.

Ninetto legt eine Platte auf, Oper, man höre seinen Onkel, berichtet er stolz. Übereinanderschlagen von Beinen, es wird geraucht, andächtig gelauscht, sie gleiten aus der Gegenwart heraus. Giannis Blick flaniert offen über die Gesichter, die ihm alle schon so vertraut sind. Wo bin ich nur, denkt er, und wozu? Aber zu müde ist er jetzt, er beginnt zu dösen. Nachdem die Platte aus ist, müssen sie alle sich mühsam emporwinden aus den Klängen, sie blinzeln, Zigaretten werden angezündet, Pasquale verabschiedet sich als Erster, Davina folgt, die Gruppe schrumpft, aber Elio bleibt, er will nicht gehen. Aus den Tiefen der entfernten Stadt klingen Sirenen.

»Wie bist du hierhergekommen?«, fragt Gianni, »ich kann mir gar nicht vorstellen, wie dein Leben ist.« »Das ist ein Leben ohne Aufsicht. Frei und schön. Und furchtbar«, sagt Elio, »man könnte sagen, es hat sich ergeben.« Mehr kann Gianni ihm nicht entlocken.

»Bei mir«, sagt er, »ist auch alles frei«, lügt er, »keine Pflichten.«

Elio schnaubt: »Wer sagt denn, dass es hier keine Pflichten gäbe? Unsere Wege sind hart.«

Es gibt nichts zu berichten über mich, denkt Gianni traurig, es gibt nichts zu sagen.

Elio lächelt: »Niemand ist mehr unter freiem Himmel als ich. Wenn es kalt ist, wenn es heiß ist, reite ich hinaus. Als ich das erste Mal auf ein Pferd stieg, wurde ich sofort abgeworfen. Ich versuchte, mich mitreißen zu lassen, und lag im Dreck. Ich stieg wieder auf. Ich kann mich daran nicht erinnern, wann ich es lernte, aber ich erinnere mich an jede Minute auf einem Pferd.«

Gianni sieht sich um: Auch Mazuro ist gegangen, Gabriella hat die Reste des Mahls abgeräumt, am anderen Ende des Tisches träumt Ninetto mit einer Weinflasche.

»Spucino ist tot«, hört Gianni sich reden, in der dunklen Stimme ist Erwartung, Gier.

Aber Elio sagt nichts, sieht nicht einmal auf.

Spucino ist nicht tot, er ist Autohändler in U., das weiß Gianni, aber was kann diesen Elio, der ihm ganz fremd vorkommt, dazu bringen, wieder etwas von dem Elio zu zeigen, der er vor so vielen Jahren war? Er muss doch etwas sagen auf diese Nachricht hin, denkt Gianni, aber Elio sagt nichts. In Gianni springt ein dumpfer Zorn auf: »Gibt es dazu nichts zu sagen?«, fragt er.

»Was sollte ich dazu sagen«, versetzt Elio. »Er ist tot. Das ist traurig. Wir werden alle einmal sterben. Früher oder später. Ich habe Spucino nicht mehr gesehen seit der siebten Klasse, jetzt ist er tot. Was willst du hören?«

Ja, *was*? Gianni hatte gehofft, Elio würde etwas sagen, das die unausdenkbare Traurigkeit dieses Satzes mildert, ertragbar macht – aber: Nein, dieser Elio gibt keinen Trost. Es war zu viel verlangt, denkt Gianni.

Elio ist ja nicht mit anderen zu vergleichen.

»Jetzt erzähl mir, was du tust«, sagt Elio, »bist du wirklich frei? Du siehst krank aus.«

»Krank?«

Gianni lacht auf. Er drängt das Zerbrechliche in sein Innerstes zurück, kehrt den lauten, zuversichtlichen Gianni nach außen, dass Elio einfach glauben muss, dass es etwas zu sagen gibt.

»Ich bin Drehbuchautor«, lügt Gianni, »und ich schreibe gerade etwas für den Monsignore F., weißt du?«

»F.? Wer ist das?«

Gianni lacht hart: »Der größte der Filmemacher, der Herrscher der Cinecittà … Ich schreibe gerade an *Miracolo*, so heißt mein Drehbuch, das ich dem F. schreibe, kannst du dir das vorstellen, dass Mazzarella und Orfei und Rotunno mitspielen sollen, alle zusammen, in meinem Buch, meinem Film?«

»Aha«, sagt Elio nur, ein gedehntes »Ja«, er merkt nicht, wie Gianni in seiner Kränkung hochfährt, einen Moment lang mustern sie einander wortlos im Schatten wuchtiger Zypressen, die ihren kühlenden, würzigen Atem auf sie niederhauchen.

»Ich stand vor dem Haus des F. und ich wagte nicht anzuläuten, viertelstundenlang nicht, stand da, ängstlich und abgeworfen und in mich verkrochen«, lügt Gianni. Er erzählt Elio, wie er sich die Begegnung mit dem Monsignore F. vorstellt, aber in dieser Geschichte muss es gut ausgehen. Elio muss beeindruckt sein, Giannis Geschichte muss dieses Zirkusleben seines Freundes spielend in den Schatten stellen!

»Ich hatte also diese wunderbare Idee, die dem Monsignore F. sofort gefiel, diese Idee von Licht und Musik, und die Komiker Mazzarella und Orfei und Rotunno werden die Hauptrollen übernehmen und Lisia, du weißt – die Lisia, die Einzige – wird an ihrer Seite spielen und mit ihren herrlich traurigen Augen jedem lustigen Satz der drei Herren eine melancholische und ernste Farbe geben. Und am Ende des Films, das habe ich vom Schreiben der ersten Zeile an gewusst, wird man Lisia durch eine nächtliche Straße gehen sehen, langsam hinein in die Nacht, über eine ganz leere Straße, die von Licht und Schatten zerteilt ist, und dann fährt, in der letzten Filmsekunde, ein Lastwagen vor die Kamera, ein behäbiger, alter, buckliger Lastwagen, und wenn der Blick wieder frei wird, sind sie verschwunden, die wunderbaren Darsteller und ihre Figuren, und nur das

Licht ist noch da und der Schatten und das ist es, was dem Zuschauer bleibt, verstehst du das, Elio? – Und wenn das Licht erlischt, ganz erlischt, und der Abspann abzurollen beginnt, dann wird man traurig sein, dass es vorbei ist, so wird das sein.«

Gianni hatte wirklich einmal vor dem Haus des Monsignore gestanden, er hatte wirklich sein Drehbuch geschrieben, mit dem Titel *Miracolo*. Er hatte die von Schweiß und der Hitze ganz matt gewordenen Blätter in einer Mappe unterm Arm getragen und die fleischige, obszöne Klingel nicht drücken, nicht den Ton ins Haus jenes Menschen schicken können, der ihn erlösen oder zerstören konnte. F. hätte, das glaubte Gianni genau zu wissen, ohnehin abgelehnt, er hätte ablehnen müssen, und Gianni wäre gestorben. Ja, er war sich sicher, sterben zu müssen, hätte sich F. verweigert, Gianni zu sehen. Aber dann war etwas geschehen, ein Gedankenblitz, eine Erleuchtung: Was hatte er schon zu verlieren? Jetzt will ich aber wissen, was passiert, hatte er gedacht und die Klingel durchgedrückt, ein Mal, ganz fest, für vier Sekunden. Anzuläuten bei einem Menschen, der dich leben oder sterben lassen kann, lässt vier Sekunden eine erbarmungslos lange Zeit werden. Und alles, was in diesen vier Sekunden um Gianni herum war, verlor seine Substanz. Die Sommerluft hatte nichts Angenehmes, rauh strich sie in seine Kehle, der Zypressenduft stach in die Nase und die Wärme ließ ihm den Schweiß auf dem ganzen Körper stehen. Und er wusste – er musste nicht einmal hinsehen –, dass der Titel auf dem Manuskript, mit einer blauen billigen Tinte geschrieben, ganz ausgewischt war; da stand nicht mehr *Miracolo*, da waren noch ein oder zwei erkennbare Buchstaben, mehr nicht. Vier Sekunden, und die Türklingel am Haus des Monsignore F. war der Auslöser seines Schicksals, auf den er wie besessen drückte.

Man sagt, dass die Stadt die größte des Landes sei und dass alles, was wichtig ist, hier in dieser Stadt sei. Alles und jeder, der wichtig ist, ist in dieser Zeit. Aber das spürte Gianni nicht, nicht in so einem Moment. Da war ihm das Leuchten der großen Boulevards auch nichts Besseres als trübes Notlicht, das die strauchelnde Fahrt eines letzten Tramwagens voller schön gekleideter Premierengäste nicht aufhellt, und der Horizont war, wenn er auch eben noch weit weg und eine Verheißung von Glück und Zukunft war, eine Klinge an der Kehle, dass er keinen Atemzug wagte.

Und dann waren die vier Sekunden um …

»Du, ich sage dir, ich war gewiss, dass ich abgewiesen würde – aber der alte Mann stand selbst in der Tür, eine Erscheinung, die mich nicht schlimmer in Verlegenheit und Stummheit hätte stürzen können, als hätte da Lisia, du weißt, die Lisia, selbst gestanden. So stand ich da, vor dem Mann, der uns alle das Träumen im Kino lehrte, er war, das gebe ich zu, etwas anders als erwartet. Eine Sonnenbrille trug er auch nicht – du weißt, man kennt ihn nur mit dieser Sonnenbrille, ohne die er praktisch nackt ist oder, wie soll ich es ausdrücken, unvollständig … Jedenfalls stand er da und er sagte sehr freundlich, dass es spät sei und ob er mir helfen könne. Er sagte das wirklich sehr freundlich, dabei kannte er mich nicht! – Und ich spürte das feuchte Papier in meinen Händen und in diesem Moment, das schwöre ich dir, wusste ich, wer ich bin … Ja, das wusste ich, und ich sagte mit einer kraftvollen und ernsten Stimme, so dass es ihm gefallen musste: ›Monsignore, sagte ich, ich habe hier ein Manuskript und ich weiß, Sie werden es mögen, denn es ist alles darin, was man an Ihren Filmen mag, Monsignore, es wird gespielt werden von Mazzarella und Orfei und Rotunno und, wenn es Ihnen gefällt, auch von Lisia, und Sie werden sehen, dass es das Manuskript ist, auf das Sie warteten, lassen Sie mich erzählen …‹ Und wirklich – es ist kein Traum und keine Erfindung, sondern eine ganze, eine richtige Wahrheit, glaub mir – dann bat er mich hinein in sein Haus, das kühl war wie ein Garten nach einem Regenguss und auch so roch. Wir gingen durch einen langen Flur und sofort fragte er alles Erdenkliche, wollte wissen, wie ich meine Ideen entwickle, welche Drehorte mir vorschwebten. Das fragte er mich, Elio, und ich begann zu erzählen von meiner Idee, vom Film *Miracolo*, worin es um das Irrenhaus der Filmemacher geht – und da lachte der Monsignore das erste Mal, wie er auch im Folgenden immer wieder lachte … Und ich sagte also: In diesem Irrenhaus der Filmemacher sehen wir Mazzarella und Orfei und Rotunno als Regisseure und Beleuchter und Drehbuchautoren, die beim Filmemachen allesamt den Verstand verloren haben, sie sind verbrauchte Rekruten des Filmes – so sagte ich es, Elio! – und sie haben völlig den

Verstand verloren. Dann aber kommt eine neue Krankenschwester, eine filmbegeisterte, schöne Krankenschwester, die von Lisia gespielt werden müsste – genauso habe ich es ihm gesagt! – und die ihre Helden hier verkümmern sieht und darum beschließt, einen letzten Film mit ihren Helden zu machen … Weil sie aber gar nicht weiß, wie das geht, wendet sie sich an den Leiter der Kinostadt, einen gewissen Ludmilo Sbarra, der ihr, weil sie so schön ist, alles verspricht, eine Ausstattung und einen Film für die verblassten Helden, die von Mazzarella und Orfei und Rotunno gespielt werden – aber, was sie nicht weiß, die wunderbare, ein bisschen naive, kinobegeisterte Krankenschwester, das ist, dass der ganze Grund, warum Mazzarella und Orfei und Rotunno im Irrenhaus gelandet sind und mit ihnen so viele andere, dass dieser Grund der ruchlose Ludmilo Sbarra ist, der sich an den Ideen und Träumen seiner Untergebenen nährte, bis sie völlig umnachtet waren … Und am Ende, sagte ich zum Monsignore: ›Wenn klar ist, dass Sbarra niemals vorhatte, noch einmal einen Film für oder mit Mazzarella und Orfei und Rotunno zu drehen, und alles nur geschah, um sie, die hübsche Krankenschwester, zu verführen, da erwachen die drei Umnachteten noch einmal und schreiben ihn hinaus aus dem Leben – sie schreiben!‹, rief ich dem Monsignore zu, der freundlich nickte. ›Sie schreiben und schreiben und Sbarra wird undeutlich, fängt an, die Konturen zu verlieren, und dann ist er weg!‹, weggeschrieben!‹, aus dem Leben geschrieben von Mazzarella und Orfei und Rotunno!‹, die danach an den Ort ihrer

Sicherheit zurückkehren, das Irrenhaus der Filmemacher.‹ Und nun, hör gut zu, nun kommt die Auflösung, in diesem Moment – in diesem Moment …!«

Und dann waren die vier Sekunden um gewesen und nichts hatte sich getan. Und er hatte wieder geklingelt, wieder und wieder, und … und nichts geschah … Die Tür blieb verschlossen. Und er war erwacht. Gianni wusste, dass er nicht noch einmal den Mut aufbringen würde, hier herauf zu kommen. Er würde zurückkehren in die Fremde des eigenen Heims, in dem die Träume und Sehnsüchte ihn weiterquälen würden und wo er auf so schmerzhafte Weise er selbst bleiben würde, dass es ihn wieder hinaustreiben musste in die Stadt, in die Welt, die unaufhörlich Zuflucht anzubieten schien und doch nicht gewährte.

»Nun kommt die Auflösung, in diesem Moment – in *diesem* Moment«, fährt Gianni atemlos in das unbewegte Gesicht Elios sprechend fort, »so sagte ich es zum Monsignore, fährt die Kamera mit einem Ruck zurück und offenbart, dass die ganze Handlung des Films selbst Teil des Irrenhauses ist, auch die Krankenschwester ist eine Irre, die einstige Filmdiva Sophia, und der Sbarra ist ein Kulissenschieber, und wir sehen, wie zuletzt – ganz so, wie es der Monsignore in seinen Filmen so gerne macht! – die Kulissen abgebaut werden, wie die Darsteller sich ihrer Kostüme entledigen, wie die Lastwagen heranfahren, um die Kulissen und die Dekore abzubauen und abzufahren. Und dann, höre jetzt gut zu, dann enden wir so wie es einst Charlie Chaplin tat, in seinem Film *Circus*, wir sehen am

Ende nur noch eine leere Fläche und auf der leeren Fläche die Fußabdrücke aller Darsteller und Reifenspuren und die Spuren der Wagen der Beleuchter und dann – aus! So habe ich es dem Monsignore erzählt«, berichtet Gianni, »und der Monsignore F. war begeistert, ja, ich weiß, dass er begeistert war, ich hörte sehr deutlich, wie er durchatmete, und dann applaudierte er, er sagte, wie sehr es ihn freue, dass ich ihn besucht und ihm meine Geschichte erzählt habe, die er als hervorragend bezeichnete, Elio … Ja, so sagte er es, und er sagte, wie sehr er sich freue, dass einer wie ich ans Kino glaube, dass es für mich und durch meine Geschichte weiter die große wunderbare Zauberkiste sein werde, aus der alle, die nicht erwachsen geworden sind, immer noch Träume herausholen …!«

»Ich war seit Jahren nicht mehr im Kino«, sagt Elio in Giannis Atempause hinein, »ich fand nie etwas, das mir gefiel. Chaplins Film kenne ich nicht. Er hat einen Film über den Zirkus gedreht?«

»Aber ja, Elio, das weiß man doch, du musst diesen Film sehen, Elio, ich habe ihn bestimmt zehn Mal gesehen. Nein, ich weiß, was du sagen wirst, woher soll man die Zeit dafür nehmen, aber ich sage dir, Elio, es ist ein großer Film und auch mein Film wird groß sein …«

»Und wer sind Mazzarella und Orfei und Rotunno?«

»Du kennst sie nicht?«, rief Gianni aus. »Aber Elio, die muss man doch kennen, sie waren … sie sind die Größten, sie sind …« Und während er Elio zu erklären versucht, was der verpasst hat, träufelt die Erinnerung ihm Gift in die

Gedanken. »Mazzarella und Orfei und Rotunno sind tot!«, hatte ein Kritiker im Radio gebrüllt, er hatte es voller Verachtung gesagt, wie man von jemandem spricht, über den es nichts mehr zu sagen gibt, und Gianni hatte gezittert vor Wut, als der Kritiker sagte, sie seien schon »tot seit langem«. »Wenn auch Orfeis und Rotunnos Körper noch leben, so sind sie doch so tot wie ein alter Schauspieler nur tot sein kann, den man nicht mehr kennt und engagiert! Ja, es ist mir natürlich nicht entgangen, dass Orfei und Rotunno einmal sehr wichtig waren, vor ein paar Jahren, aber jetzt? Sie sind unbedeutend und vergessen und das zu Recht: Sie spielten nur noch schlechte Sachen in den letzten Jahren und seit einiger Zeit spielen sie gar nicht mehr. Sie sind vergessen worden, sie bleiben vergessen, denn die großen Filmemacher haben sie vergessen und abgeschrieben. Orfei und Rotunno haben sich abgewendet von den guten Geschichten, sie hätten nicht machen dürfen, was sie zuletzt gemacht haben, diese billigen Geschichten, diese schnell gefilmten Sachen ohne Herz! – Wenn ich sage, dass sie tot sind, sind sie es, denn sie werden nie wieder in einem Film eines bedeutenden Regisseurs spielen …!« – Ja, so sagte er es – und Gianni hätte ihm gerne geantwortet: »Sie liegen falsch, Sie haben keine Fantasie, Sie sind bösartig und denken eng! Was wäre, wenn man Orfei und Rotunno noch einmal einen guten Stoff anböte? Einen wirklich guten Stoff? Etwas, das ihnen entspricht, das sie noch einmal zeigt als die Meister der Groteske, die sie einmal waren, wenn man sie noch einmal in einem Film des Monsignore F. sähe, so wie man sie früher kannte!«

So hätte Gianni gerne geantwortet, und er hätte gesprochen von Rotunno mit seinem typischen zerschlissenen Streifenanzug und Orfei mit seinen lustigen roten Locken, und den Mazzarella, wenn er denn wirklich tot ist, dann würde sich sicherlich einer finden, den man aussehen lassen könnte wie ihn, einen Hageren, einen Dürren, einen, der so schön über die eigenen Beine fällt wie der Mazzarella eben. So einen muss man doch finden können, denkt Gianni, es gibt doch Hunderttausende von lustigen Menschen auf der Welt ...!

Etwas von dem Zorn, der ihn beim Anhören der Radiosendung befallen hatte, steigt wieder in Gianni auf.

»Im Grunde waren der Rotunno und der Orfei die Begabten«, hatte der Kritiker weitergepöbelt. »Der Mazzarella war eine Schießbudenfigur, die leicht zu ersetzen war.« Und er hatte ein Auflachen hören lassen, das im Lautsprecher zu einem kratzenden, krumigen Kehllaut wurde. – Eine Witzfigur war der Kritiker, denkt Gianni, und verdrängt, einmal gelesen zu haben, dass man vor dem Mazzarella bei jedem Dreh die Mädchen verstecken müsse, von keiner konnte er die Finger lassen.

»Und wann kommt dein Film ins Kino?«, fragt Elio. Giannis Gesicht glüht, er hat sich hineingesteigert in seine Fantasie – es hätte ja vielleicht so sein können, nicht wahr? Rotfleckig vor Begeisterung sagt er: »Bald, sehr bald, jetzt unterschreiben wir die Verträge mit den Schauspielern und dann geht es los, Elio, ich sage dir Bescheid, ja?«

Gianni hatte überlegt, das Manuskript vor der Tür des Monsignore F. abzulegen – es auszusetzen wie ein Kind –, ja, dieses Symbol müsste der große Mann doch verstehen und respektieren! Und so würde er es finden und lesen! Doch je länger Gianni sein Manuskript betrachtet hatte, das wellige Papier mit dem von seinen verschwitzten Händen aufgelösten Titel, da verließ ihn sogar der Mut dazu, den Text wie ein Kind auszusetzen. Er hob den Blick, der von der Villa des Regisseurs über die ganze Stadt reichte. Der großartige Ausblick vom siebten Hügel der Stadt half ihm nicht, tröstete nicht. In der Ferne hatte Gianni die schnurgeraden Straßen im Dunst verschwinden sehen und die sich einem Ziel zubewegenden Lichtpunkte der Fahrzeuge und darin die Menschen, und er hatte verstanden, dass da überall Menschen mit Ideen und Wünschen und Träumen waren. Es waren einfach zu viele. Der Einzelne konnte nicht bemerkt werden, wie denn auch? Jedes Licht, das zu ihm, dem Elenden, dem Mutlosen heraufschien, war ein Mensch, der besser war als er, Gianni Cavelli, ein Mensch, der wusste, wer er war, Menschen, die einem Traum nachjagten, den zu erreichen sie fest überzeugt waren, anders als er in diesem matten Lichtkegel vor der Tür des F. So war er in der letzten Tram kurz vor dem Morgen heimwärts gefahren, und obgleich die nächtliche Tram trotz der vielen leeren Bänke und baumelnden Griffe in der Nacht etwas Beschützendes, Behagliches hat, empfand er nichts.

Nachdem er allen Mut verloren hatte, wollte er verschwinden, wie eine Tram in der Kurve verschwindet.

Als hätte er Giannis Gedanken erahnt, sagt Elio: »Wir nehmen den Weg, der uns bestimmt ist, sagte mein Vater, weißt du. Aber ich nahm ihn nicht, nicht ich. Ich habe alles anders gemacht, als ich es machen sollte. Und jetzt sieh mich an. Ich besitze nicht viel, ich gehöre niemandem. Und du?«

Elio sagt das, so freundlich es überhaupt nur denkbar ist, als ahne er, dass kein Satz Giannis stimmte. »Was wirst du tun, nach deinem Film?«

»Ich werde weiterschreiben«, sagt Gianni trotzig. »Natürlich schreibe ich das nächste Drehbuch. Und dann noch eines. Und noch eines. Nach diesem großen ersten Erfolg darf ich nicht aufhören, weißt du!«

Die Zeit ist um. Und es kommt der Moment des Aufbruchs. »Ciao, Elio«, sagt Gianni, schon stehend. »Ciao«, sagt Elio, »es war gut, dich zu sehen.«

Später, als Gianni den Kopf tief ins Kissen bohrt und das Bettzeug fest um den Körper zurrt, sieht er die Schatten der Kindheit über die Wände taumeln.

Lebt! Verlasst mich nicht!

Eines Tages wird er sterben. Wird er sterben aus Schwäche, durch eigene Hand oder durch die Hand eines anderen? Er möchte nur noch die Erinnerung an diese warmen fernen Sommer in sich tragen, nur noch dieses Bild: als sein Körper vor Kraft bersten wollte, als seine Hände und Gedanken nicht wussten, wohin mit all dem Tatendrang.

XIII

Enzo
Echos

der sternenhimmel schlug ihm auf den kopf.
schlug ihm den hunger aus dem mund,
die treue aus dem herzen,
die träume, zerschlagen
durch die stimme eines anderen.

Il cielo stellato gli colpì la testa.
– sulla testa –
gli tolse la fame dalla bocca,
la fedele dal cuore, che spezza i sogni.

Er stahl, er stahl gut, er stahl nicht gerne, er hatte immer gestohlen, seit er auf die Straße gekommen war. Er stahl niemals viel, er tat es leicht.

Einer der Hauslosen hatte ihm geraten, immer nur so viel zu nehmen, wie er unbemerkt in einer Jackentasche oder im Mund wegtragen könne. Wenn er rennen müsse, müssten Hände und Füße unbeschwert eilen können. So stahl er nur, was sein Magen verlangte: Essen, Trinken, ab und an nahm er ein Hemd von einer Wäscheleine, er wollte nicht aussehen wie einer von der Straße. Die anderen im Versteck machten sich lustig: »Der Enzo ist ein Feiner, ein Cavaliere, der hat ein Mädchen, wetten, für wen macht er sich fein?« Er stahl einen Regenschirm, weil es eine gute Gelegenheit war und einmal stahl er ein Billett fürs Kino, setzte sich in den dunklen Saal und sah einen Film des Monsignore.

Ein neuer Film, schön, dachte Enzo, er macht immer noch Filme, der gute Alte.

Er kannte die Geschichte, er nahm ohne Bitterkeit zur Kenntnis, dass der Monsignore eine Geschichte von ihm geraubt hatte: von dem Straßenmädchen, das einem Gaukler verfällt und mit ihm zieht und ihm, egal wie schlecht er die Stumme behandelt, immer die Treue halten würde; und selbst als er im Begriff stand, sie totzuschlagen, selbst da klagte sie ihn nicht an. Über den Tod hinaus liebte sie ihn.

Es war die Geschichte von Nunzia gewesen, die Enzo dem Monsignore erzählt hatte, und der Monsignore hatte einen schönen und unendlich traurigen Film daraus gemacht. Alles war schön an diesem Film, die schwarzweißen Bilder, die traurigen Feste, die zerfallenen Mauern, vor denen alles sich abspielte, die flackernden Lichter auf den skulpturenschönen Gesichtern und die eigenartige Liebe des Gauklers zu der Stummen … Und am schönsten war die Stumme selbst mit ihrem Puppengesicht, den alleswissenden Augen, dem traurigen Lächeln. Keinem der groben Kerle im Versteck hätte er diese Schönheit zu erklären vermocht, und selbst nachdem er

den ganzen Film gesehen hatte, konnte er die Hingerissen-
heit, die er für diese Figur der Stummen empfand, kaum erklären. Sie war so schön, die Schauspielerin, weil sie Nunzia
so sehr ähnelte und weil der Monsignore daran gedacht hatte, sie ein wenig kindlich, ein wenig unwirklich zu machen.
So eine, dachte Enzo in diesem Kinosaal, gibt es nicht.

Am Ende des Films stach ein Bild ihm besonders tief ins
Herz, es war ein Foto seines eigenen jungen, achtzehnjäh-
rigen Gesichts, das im Hintergrund auf einem Filmplakat
zu sehen war. Warum tut er das, musste Enzo denken und
fand nicht mehr in den Film zurück, er hätte doch sonst-
wen nehmen können, nur nicht mich. Der Film rückte in
die Ferne, jedes Gefühl, jede Klarheit stieg hinab in die Tä-
ler des Erinnerns. Ein ferner Sommer, ein alter Film schon,
den der Monsignore in seinem neuen Werk anklingen ließ.
Eine Botschaft, das wusste Enzo, ein Ruf: *Komm zurück
zu uns.*

Er wusste doch den Weg hinauf zur Villa auf den Hügeln,
doch sein Verrat an Nunzia und allen anderen, die er zu
Kinogestalten gemacht hatte, verbot ihm, auch nur einen
Schritt in diese Richtung zu unternehmen. Sein Schweigen,
sein Fortbleiben schien ihm die einzige angemessene Sühne
zu sein. Ein Tag Verlorenheit für jedes Wort, das er nicht
hätte aussprechen dürfen. Ein Leben auf der Straße, unter
Tagedieben und Säufern, Gescheiterten und Trauernden,
als passender Gegenwert für die ausgeplauderten Tragödien. Ja, so war es richtig, nur so.

Gekrümmt bewegte sich eine alte Frau vor ihm an einer Mauer entlang, presste die Hand auf die Brust, wo sie einen Brief an einen Menschen verwahrt hielt; mit der anderen Hand raffte sie ein Tuch um den Kopf. Das Gehen fiel ihr schwer, immer wieder lehnte sie den Leib schwer gegen eine Hauswand. Er überholte sie, streckte ihr die Hand entgegen: »Ich kann dir diesen Brief einwerfen, was meinst du dazu?«

Die Alte trat einige Schritte zurück und hob die Hand, so dass ihr das Tuch vom Kopf fiel: »Was willst du von mir«, rief sie aus, »willst du einer alten Frau das Wenige stehlen, das sie noch hat? Hier …! Ich habe nichts! Nichts! Siehst du?«
»Ich wollte doch nicht …«, sagte er, »ich habe doch nur …«

»Wo sind wir nur«, schrie die Alte, »dass Gott so etwas geschehen lässt?«

Und als er ihr Tuch aufhob und es ihr reichte, riss sie die Augen weit auf. »Und jetzt wirst du mich umbringen, ja? Umbringen für ein paar lumpige Lire, die ich nicht habe, ja? Ist es das?«

»Nein«, sagte er, »aber natürlich nicht, ich wollte doch …« Und er warf ihr das Tuch vor die Füße. So standen sie einen Moment ratlos aneinander, und als die Alte sich bückte, um das Tuch aufzuheben, fiel ihr der Brief herunter, segelte dorthin, wo zuvor das Tuch gelegen hatte. Und wieder blickte sie ihn an – und er trat zurück, hielt ihrem Blick stand und drehte sich um.

»He, he!«, rief sie in seinem Rücken, »willst du mir nicht helfen, sag mal?«

Er war weitergegangen und hatte sich nicht mehr umgedreht. Plötzlich hatte er das alles mit den Augen des Monsignore gesehen, alles war ausgeleuchtet, die alte Frau eine Schauspielerin, die in Wahrheit gar nicht so alt war, und der Briefumschlag war leer, Staffage, eine Lüge. Was wäre geschehen, wenn er sich umgewandt hätte? Wäre dann irgendwoher ein blechernes »Aus!« erklungen, wäre dieses ganze Trugbild in sich zusammengefallen? Es war aber doch keine Filmszene, es war echt! Die alte Frau war echt, ihre Angst vor dem Stadtstreicher war echt, auch ihr Brief musste echt gewesen sein.

Der Teufel soll ihn holen, dachte er, dass ich alles mit seinen Augen sehen muss!

Er wollte seine Träume nicht auf einer Leinwand sehen und nicht die Menschen, die er verraten, deren Leben er verkauft hatte an den alten Kinomann, wiederauferstehen sehen mit heilen Körpern und schönen Gesichtern, umspielt von Musik und Magie.

So war das Leben nicht.

Als er dreißig geworden war, wollte er seinen Geburtstag feiern, er wollte an die Küste. Im Versteck hatte ihm jemand gesagt, dass man mit dem Fahrrad keine zwei Stunden brauche.

So stahl er ein Fahrrad. Sie nahmen ihn fest, die Carabinieri. Sanft sprangen sie nicht mit ihm um. »He, Roter«, knufften sie ihn, »roter Radler, hast du Lust auf Gefängnisfraß? Vier Jahre wanderst du dafür in den Bau, Roter, halt den Mund, sonst machen wir sieben daraus!« Sie stießen ihn in die Zelle, und die Nacht wurde lang. Als er nach vier Tagen dem Richter vorgeführt wurde, sah dieser ihn zunächst nicht an, sondern hörte ohne Interesse der Verlesung der Anklage zu: »Diebstahl ... Fahrrad ... Wohnungslos ... Vorsatz ...«

Der Richter ist fett, ein fetter, satter Mensch, dachte Enzo. Der fette, satte Mensch würde ihn ansehen und verachten und für alle Ewigkeit in die Abgründe des Gefängnisses versenken. Als ihre Augen sich trafen, senkte Enzo den Blick, als der Richter fragte: »Wer bist du?«, antwortete er: »Niemand.« Der Richter wollte sich wohl noch ein wenig Vergnügen machen mit dem Delinquenten, denn er fragte weiter, sehr zur Irritation des Staatsanwalts und der Protokollantin, die leise fragte, ob sie weiter mitschreiben solle. Wer er sei, fragte der Richter, wo er lebe, ob er sich nicht verteidigen wolle.

Enzo sah den Richter an, den fetten, satten Richter, und er sagte: »Nein.«

Der Richter nickte. Das habe nun lang genug gedauert, sagte er. »Was ist im Grunde passiert?«, fuhr er fort. »Der Bursche wollte ein Fahrrad nehmen, er hat auf dem Rad keine zehn Meter zurückgelegt, als ihn die Carabinieri fassten. Und nun? Was ist die Strafe für diese zehn Meter, für eine Minute Diebesleben?«

Ob er sich nicht irre, fragte der Staatsanwalt den Richter, ob der Richter, bei allem gebotenen Respekt, nicht erkenne, dass man da einen notorischen Dieb vor sich sehe, einen Stadtstreicher, einen *Senzatetto*, die allen ehrlichen Menschen das Leben schwer machten. Ob man so einen gehen lassen wolle, nur weil man ihn in flagranti erwischt habe?

Der Richter wischte sich über das feiste Gesicht, er lächelte, er hatte Enzos volle Aufmerksamkeit.

Ob man ihn zum Narren halten wolle, sagte da der Richter laut, das sei eine Farce, es gebe ganz andere Fälle als diesen da, die es zu bearbeiten gelte. Man solle dem Rotschopf eine Ohrfeige geben, meinetwegen eine Nacht in der Zelle, damit sei es mehr als abgegolten, das kleine Vergehen, und was, wiederholte der Richter noch einmal, sei denn groß passiert, ob denn der Besitzer des Fahrrads sein kostbares Vehikel nicht zurückerhalten habe?

Fassungslos sahen die Beamten im Raum den Richter sein Urteil fällen: Die Nacht habe der Delinquent bereits mehrfach abgesessen, er sei sofort freizulassen. »Raus mit ihm«, sagte der Richter, dann wurde Enzo hinausgeführt.

Auf dem Flur gab ihm der Carabiniere einen Stoß: »So leicht ist hier seit Jahrzehnten keiner mehr rausgekommen. Sieh zu, dass du Land gewinnst.«

Ohne zu begreifen, was geschehen war, trat Enzo auf die Straße hinaus, es schien ihm, als habe er eine Lektion hinter sich, doch er wusste nicht, was damit anzufangen wäre. So saß er auf den Treppen vor dem Gerichtsgebäude, als jemand ihn von hinten berührte. Es war der Richter, der fette, satte Mensch, der sich neben ihn setzte. »Dass ich dich hier sehen musste, hat mir wehgetan«, sagte der. »Ich kenne dich doch, du warst doch in dem Film *Legenda*, das warst du doch, nicht?«

Enzo nickte: »Ja, das war ich, vor vielen Jahren.«

»Und wirst du wieder in einem Film sein?«

»Nein«, sagte Enzo, »das glaube ich nicht.«

Der Richter nickte. Er fasste in seine Tasche, nahm ein Zigarettenetui heraus, klappte es auf, nahm zwei Zigaretten heraus, eine gab er Enzo. »Ich will dich hier nie wieder sehen. Ich weiß, wie das Leben sein kann. Aber ich habe nicht jeden Tag so gute Laune.«

Enzo erhob sich. Er wollte sagen: Wegen eines zwölf Jahre alten Films hätten Sie mich nicht gehen lassen müssen. Na los, wir gehen wieder rein. Aber der Richter hob die Hand: »Sag nichts. Geh.«

Als er ins Versteck zurückkam, hatten sie seinen Platz vergeben, seine Habe verteilt, ohne Freude nahmen sie seine Rückkehr zur Kenntnis: »Die haben dich nicht behalten?«

Als er erfährt, dass Romano der Stein ihn verraten hat, dass der die Carabiniere aufmerksam machte auf ihn, will er über den Stein, so genannt wegen seines kantigen Gesichts, in dem die verbogene, verkraterte Nase wie ein Feldstein hauste, herfallen, ihn zurichten, wie er nie zuvor einen zugerichtet hat. Dann fällt ihm der Richter ein, das Traurige in dessen Stimme, als er sagte: »Ich weiß, wie das Leben sein kann.«

Nein, noch einmal wollte er nicht vor diesen Richter treten, nicht noch einmal davonkommen, weil er vor vielen Jahren einmal sein Gesicht verliehen hatte …

Er fand ein neues Versteck, ein sehr bequemes diesmal, eine wahre *Opportunità* in einem leerstehenden Haus, das kein anderer Senzatetto entdeckt hatte. Der Zugang war schwierig, er musste sich abends im Warenhaus einsperren lassen, dann stieg er durch ein unverschließbares Fenster der Angestelltentoilette in den Hinterhof, von wo aus er durch ein Dachfenster in seine Opportunità hineingelangte. Im obersten Stockwerk des Warenlagers eines Möbelhauses, hinter einer Holzwand, vergessen seit langem, standen aus der Mode gekommene Schaustücke: ein Bett, Schränke, Tische, Kommoden. Über die Monate hatte er sowohl seine lautlosen Einbrüche verfeinert, als auch seine Wohnstatt hergerichtet. Er schlief so gut wie zuletzt im Haus des Monsignore vor vielen Jahren, und wenn er Regen aufs Dach trommeln hörte oder Winde an den Dachsparren zerrten, war er glücklich und sorgenlos.

Ein Monat, ein halbes Jahr, ein Jahr: Das Leben lächelte. Er fand eine kleine Tätigkeit in einem Blindenheim. Die Blinden waren freundlich und stellten keine Fragen, und das kleine Geld erlaubte ihm, nun etwas zu kaufen, wo er zuvor gestohlen hatte. Für eine Wohnung hätte es kaum gereicht, es genügte für die Fahrt mit der *Tranviario* und für kleine Vergnügungen, und, einmal im Monat, für eine

Eintrittskarte ins Kino. Es wäre ihm nicht eingefallen, sich ins Kino zu schleichen, den Preis für den Film nicht zu entrichten. Die Stunden im Kino sind ein üppiger Traum, den er in seiner Behausung noch ein wenig ausschmückt, weiterträumt. Er nimmt alles hin und genießt es, so lange es dauern mag, er weiß, alles wird einmal ein Ende finden, die Opportunità wird eines Tages verschlossen sein, die kleine Tätigkeit ein Ende finden, solche wie ihn findet man zu Tausenden in der Stadt, nichts ist von Dauer. Er hat alles gelernt was es zu lernen gibt. Doch die Stadt führte ihn immer wieder auf vertraute Pfade, und als er gegen Ende seines zweiten Jahres in der Opportunità das Plakat zu einem neuen Film des Monsignore entdeckt, findet er sich unerwartet in einer fiebrigen, aufgeregten Stimmung, als habe man ihm ein Geschenk gemacht. Eine Woche muss er warten, sieben Tage, die kaum vergehen wollen, sieben Tage, die ihn bis zur Premiere des Films beinahe achtlos seine Arbeit verrichten, seine Zuflucht besteigen sehen, und als der Tag der Premiere da ist, kann er kaum an etwas anderes denken als an den Namen des Monsignore auf der Leinwand (*un film ... di ...*), und dann die Namen von Ippolito und von Ivorio, dem Kameramann.

Das Licht geht aus, ein anderes Licht flammt auf, und wie das Meer lange im Wasser umspielte, fremdartig gewordene Gegenstände an einen fremden Strand spült, so spülen die Bilder dieses neuen Films traurige und schöne Fragmente von etwas an, das Enzo tiefvertraut ist. Doch nichts konnte ihn vorbereiten auf die dreiundvierzigste Filmminute, als ein Mädchen sich umdreht und … es ist *Luisa*! Unverkennbar ist sie es!

Es ist ihm, als müsste er vom Sitz aufspringen und ihren Namen rufen, als ob sie ihn sehen könnte, da unten … Luisa, denkt er, Luisa!! Und was weiter im Film geschieht, kann er kaum verfolgen, so zum Zerreißen gespannt sind seine Gedanken an sie.

Er kommt zu spät an diesem Abend, die Opportunità ist ihm verschlossen, aber vielleicht ist dies das Signal, das er erhalten sollte. Manchmal finden Orte, Gedanken und Dinge diese besondere gemeinsame Sprache, so dass man endlich begreift, was man, bei aller Offensichtlichkeit, so lange aus eigener Kraft nicht sah. So will es ihm an diesem Abend erscheinen, und obgleich es eine kühle Nacht ist, geht er ohne Müdigkeit durch die Straßen, lässt sich noch ein wenig treiben durch die sich in kleinen Kneipen und Bars verlaufende Menge, dabei weiß er längst, wohin er gehen wird. Er streift Menschen, ohne die Berührung wahrzunehmen, er glaubt sich mit allen, die er einmal gekannt hatte, in diesen Augenblicken verbunden, er spricht ihre Namen aus und lacht und lässt sich davonjagen, wenn er manche anspricht als *Ippolito* oder *Monsignore* oder *Luisa*. Und als im hellen Viereck einer Tür eine Mutter erscheint mit ihrem halbwüchsigen Sohn, da lacht er auf, schüttelt dem Kleinen die Hand und sagt: »Du siehst ganz so aus wie mein großer Bruder, weißt du das?«

Am Ende der Nacht versteht er alles, er versteht es voller Dankbarkeit: Der Monsignore hatte natürlich Luisas Gesicht als Botschaft an ihn in den Film eingesetzt: Komm zurück zu uns, komm zurück zu ihr. – Ich komme, denkt er. »Da bin ich«, wird er dem Monsignore sagen und dem Orlinksi und es wird warm sein in ihrem Haus.

Ein paar Centesimi hat er übrig, die will er nehmen, um an die Hügel zu fahren, in die Nähe der Villa. Die letzte Tram nimmt ihn mit sich, er sitzt gerade und glühend auf seinem Sitz, die Arme fest an den Körper gepresst, als müsse er sich die Kleidung festhalten. Das Warten an den Haltestellen, die Lautsprecherdurchsagen, das Sitzen im Wagen, die draußen dunkel glühende Stadt, die ihm nun fern ist wie fremdes Land, die Blicke der Mitfahrenden, all das nimmt er nur von fern wahr, und wenn er aus den Gedanken auffährt, erinnert er in seinen flatternden Bewegungen an einen verirrten Vogel, der mit den Flügeln schlägt.

Gegen Mitternacht steht er vor der Villa, die in tiefem Dunkel liegt, und er wagt es nicht, anzuläuten oder zu rufen.

So lässt er sich zufrieden auf den Stufen vor der Tür nieder, verliert sich in tiefem Schlaf, in dem ihn Orlinksi am folgenden Morgen vorfindet.

Ein fröhlicher Schatten streicht Enzo durch das Haar.

Der Monsignore lag krank im Bett, die Vorhänge waren zugezogen. »Sei leise«, sagte Orlinksi zärtlich, »er war sehr krank, er muss noch viel Ruhe haben. Gib ihm deine Hand, lass ihn deine Stimme hören, dann geht es ihm schon besser.«

Er neigte den Kopf ernst und versunken wie jemand, den es große Mühe kostet, etwas auszusprechen.

»Wie krank ist er?«, fragte Enzo.

»Es ist schon bald alles wieder gut«, beruhigte Orlinksi, dämpfte den Klang seiner Stimme so sehr, dass seine Worte nur durch die Bewegungen seiner Lippen verständlich wurden. Im Halbdunkel schien es Enzo, als tauche die liegende Gestalt des Monsignore wie aus einem Nebel auf, als müssten sich die vertrauten Konturen erst allmählich zusammensetzen. »Und als ich es schon nicht mehr glaubte«, hörte Enzo die Stimme des Monsignore, dünn und ohne Gewicht, »trat er plötzlich in mein Zimmer und dabei dachte ich eben noch, ich sei mit ihm auf der Straße.«

»Er wartete jeden Tag«, murmelte Orlinksi an Enzos Ohr, »jeden Tag«, wiederholte er nachdenklich, »das hat er bei keinem sonst getan.«

»Da bin ich, ich bin gekommen.«

Enzos Zähne schlugen aufeinander, während er zu lächeln versuchte.

Der Todkranke genas, indem er jeden Tag eine Geschichte erzählte, und in Enzo fand er seinen aufmerksamsten Zuhörer.

So machte ihn der Monsignore zu einer Gestalt eines imaginierten Filmes, indem er immer wieder über Enzo sprach – als sei dieser selbst zwar anwesend, aber außerstande, etwas zu erwidern. »Ich glaube, zum ersten Mal sahen wir uns im Sommer vor dem großen Feuer, das über unsere Stadt hereinbrach, es war ein Sommer, der keinen Regen sah und keine kühle Nacht«, erinnerte sich der Monsignore. Er hatte eine weiche, schwelgende Stimme, wenn er die Geschichte erzählte, wie er sie zu erinnern glaubte. »Dieser unerträgliche Feuersommer ... Wir saßen beisammen, alle waren dabei ... Einer sang immer. Wir lachten, es roch nach trockenem Staub, Luisa war da und auch Cirino und Ippolito ... Und du trankst wie ein Mann ... Du warst ganz abgerissen, hattest jahrelang auf der Straße gelebt, dein wildes Haar ließ dich aussehen wie ein Tier. Wenn ich mich irre, verbessere mich ... Wir fingen dich ein. Luisa fing dich ein ... und Ippolito ... weil sie schon wussten, dass da einer ist, der mehr gesehen hat als jedes andere junge Auge ...

Die Schauspieler erzählten von ihren Erlebnissen. Alle legten es natürlich so an, dass eine Geschichte die vorherige übertrumpfte, und wer die meisten Lacher gewann, durfte sich für einen Augenblick als Liebling der Welt fühlen. Für dich sah das aus, als wäre das die Welt ... Ich erinnere mich an das Leuchten, das dich ergriff, Enzo, und das nie nachgelassen hat. Du schämtest dich, dass du nur ein Junge warst, ein Gossenkind, ein Fundstück, aber warst du nicht viel weiter als wir alle, die wir nicht in großer Kälte und Einsamkeit unter offenem Himmel schlafen oder Hunger oder Demütigung aushalten mussten? Alle redeten und erzählten Geschichten, aber nur du, der Einzige, der wirklich etwas zu berichten hatte, schwiegst, und merktest du nicht, wie sie schließlich alle versuchten, deine unerzählte Geschichte zu übertrumpfen, wie sie sich bemühten, das in ihrer Fantasie ins Unermessliche Gewachsene einzuholen?«

»Monsignore«, fragte Enzo eines Abends, »haben Sie Luisa in den Film eingesetzt, damit ich zu Ihnen zurückkehre?«

»Aber natürlich!«, fuhr der Monsignore auf, »dass du das fragen musst, wundert mich!«

»Endlich zu Hause gestrandet!«, lachte Orlinksi. »Wie kann das sein, dass wir alle zusammen wieder hier sind?«

»Die Stadt barg Fallen und wir wussten es nicht«, sagt der Monsignore. »Das Leben birgt Fallen und wir ahnen es nicht.«

Der Monsignore spann die Geschichte seines *Fundstück*s Enzo Abend für Abend fort, beim Essen, nach dem Essen, bat Enzo, daran mitzuerfinden, monierte, dass manches Teil der Geschichte nicht passe, dass es noch ein paar Dinge gebe, die er nicht verstehe. Ob es nicht eine gute Idee wäre, an den Ort der Kindheit zurückzukehren? Zu suchen nach den fehlenden Stücken, ohne die aus einer Erzählung niemals eine Geschichte würde? Und ob er nicht Luisa auf diese Reise mitnehmen wolle?

»Du könntest, wenn du nur wolltest, wieder bei uns sein, Enzo«, sagte der Monsignore. »Dein Zimmer hier kann für immer deines sein. Du bist hier zu Hause, wenn du es willst.«

»Sie wissen, dass ich nicht bleiben würde«, sagte Enzo, leise, freundlich, unerbittlich.

»Wo würdest du bleiben? Wo wärst du glücklich?«

»Dort, wo ihr seid. Und wo … Luisa ist …«

Der Monsignore gab ihm Arbeit. Er brachte Enzo zurück in die Traumwelt, wo er ohne Tarnung leben durfte, wo sie ihn ansprachen mit wirklichem Namen, und nachts schlief er zusammengerollt wie ein Kind, an den ewigen Fortbestand der Welt glaubend.

XIV

Cristo

Diese Sehnsucht
eines großen Kindes:
erlaubt man mir Unglück,
Rausch und Vergessen?
Wir sind endlos
in eines anderen Menschen Geist.

Man hatte ihm die Scheinwerfer anvertraut, er trug auch die auf schwere Ständer montierten Flutlichter: Er glaubte, er werde sich bald den Rücken brechen dabei oder der Scheinwerfer werde ihn erschlagen, und sie nannten ihn manchmal Cristo, weil er aussah wie Jesus Christus unterm Kreuz, wenn er seinen Scheinwerfer trug und dabei kaum noch zu Atem fand. Surrten die Kameras über den Köpfen, kochte eine künstliche Sonne den großen Platz in der Halle, dass es nach dem Holz, dem Lack, dem Metall roch, aus dem alles gebaut war, eine wahre Welt jenseits der wahren Welt, weiter, schöner, verletzlicher, und er trug die Scheinwerfer.

Morgens trank er seinen Kaffee, fütterte die herrenlosen Tiere auf dem weitläufigen Gelände, Gott weiß, wie die vielen dürren Hunde und Katzen und zahmen Vögel an diesen Ort kamen, in welchen Filmen sie erschienen und danach in eine trügerische Freiheit entlassen wurden – ganz genau so wie er. So war sie, die Filmwelt, sie fütterte an und machte hörig, aber sie ernährte nur jene, die sie unmittelbar benötigte.

Aber er belog sich, wenn er sich sagte, dass er die Filmwelt nicht brauche. Er hatte unter Palmen geschlafen, auf exotischen Schiffen die Welt bereist und gelernt, wie man auf hoher See fischt, er hatte das alte Rom gesehen und im Innern von Vulkanen gestanden und an Deck großer Caravellen, die über weite Meere fuhren – und das alles, ohne je das Studiogelände verlassen zu haben. Nie würde er die Bezauberung vergessen, als er den Requisiteuren zusah, wie sie aus beinah endlos scheinenden Bahnen von durchsichtigem Plastik ein Meer erzeugten, ja, es hatte am Ende wirklich ausgesehen wie ein echtes Meer, voller Tiefen, Geschichten, unerlöster Fragen. Ein anderes Mal hatten sie die prachtvollen Kulissen eines Films in Stücke geschlagen und verbrannt und keinem hatte es mehr wehgetan als ihm. Die Città, seine Città, war die Genesis, der Anfang von allem, und wenn er an den leeren Tagen im Jahr, wo niemand etwas arbeitete, das Studiogelände von einem Ende zum anderen durchwanderte, so verlor er sich in den Zementaugen der Statuen, ging verloren in einem Pinienwäldchen, verharrte er in stummem Entsetzen vor den monumentalen

Resten eines Films, den der Monsignore und der schwedische Mönch zusammen hatten drehen wollen und wofür sie eine gewaltige, an eine Kathedrale erinnernde Halle aus dünnem Bambusrohr aufgerichtet hatten. Halb verfallen bot diese unvollendete Kulisse seinen Träumen eine Herberge, und manchmal sah er sich in seinen Träumen herumgehen in jenen Landschaften, welche die Città erfunden hatte. Sein Blick ist seltsam: Er sieht nur, was er sehen soll, was ihm die Kulissenbauer und Drehbuchautoren zeigen wollen, er sieht, was der Monsignore ihn sehen lassen will. Für ihn ist alles schön, sind die Schauspielerinnen, die Schauspieler in den Filmen des Monsignore alle gleich schön.

In den Augen des Geblendeten zünden die Filmträume des Monsignore herrliche und schreckliche Träume an.

Er verlässt die Cinecittà nicht.

Nur wenn es nicht anders geht, wagt er sich hinaus in jene flache, schmutzige, stinkende Stadt, die, unbeschreiblich und unerklärlich, den Bauten im Studio zum Vorbild diente, und nur selten sieht er, einen kurzen Augenblick lang oder vielleicht doch nur als Nachglanz eines vor langer Zeit begonnenen Traumes, etwas in der wahren Stadt, das er schon einmal sah. Jedes Mal noch entsetzter flüchtet er zurück in die Kinostadt, in der er lebt in einem Verschlag, darauf besteht er, auch wenn der Monsignore und Ippolito versucht hatten, ihn anderswo unterzubringen: in einer Wohnung, in einem Zimmer … Immer aber war er zurückgeflohen, ein Hund, der nur seine eigene vertraute Ecke duldete.

»Geh deines Wegs«, hatte Ippolito gesagt und dafür gesorgt, dass er bleiben durfte in seinen fünf Quadratmetern zwischen dem Technikraum und der Schreinerwerkstatt.

Immer gaben sie ihm eine kleine Rolle. Die Vogelscheuche von einst, das Gossenkind ist nun ein Mann, hager zum Fürchten, knochige Hände, die sich für nichts zu schade sind. Einem Finger fehlt das vorderste Glied, abgerissen, als er einen Scheinwerfer einrichten wollte. Jetzt darf er bald wieder etwas spielen, oder was sie spielen nennen.

»Der schaut mit unbeschadeten Augen«, sagt der Monsignore und lässt ihn gerne Priester spielen oder Lehrer, kleine Rollen, die man braucht, still und wild. »In den Filmen des Monsignore ist jede Figur wie eine Farbe in einem Gemälde«, sagt Ippolito. »Man denke nur, Gauguin hätte auf Blau oder Rot verzichtet oder van Gogh auf Gelb … So bist du, Enzo. Du bist eine Farbe in seiner Palette!«

Das ist er also: unverzichtbar und übersehen. Wenn er nicht gerade eine kleine Rolle zu spielen hat, schiebt er die Schweinwerferwagen oder geht den Technikern zur Hand. Ein entschlossenes Kind, unwissend tapfer.

»Was darf ich als Nächstes spielen, Monsignore?«, fragt er, und der Monsignore hebt die schwer gewordene Hand seines schwer gewordenen Leibes und blickt ihn unter den eisgrauen Brauen an: »Du wirst dich selbst spielen, mein Junge, denn ich werde eine letzte Geschichte erzählen … Ein letzter Film, wenn es mir vergönnt ist … Es wird deine Geschichte sein …!«

Im Hintergrund lässt Ippolito ein Keckern hören, ein Ziegenlachen.

»Ja, ach so«, sagt er daraufhin, »ihr macht euch lustig über mich … Aber denkt nicht, ich wäre dumm … Ich weiß vieles mehr, als ihr glaubt …«, und wusste, dass es Dinge waren, die nicht zum Leben außerhalb der Cinecittà passten, die nur wahr waren innerhalb der gesegneten Mauern des erfundenen Daseins, das er hier führte.

Und wenn auch seine Worte nicht passten, dachte er, dann dürfen sie trotzdem nicht über mich lachen.

Aber in dem Moment hebt der Monsignore die Hand: Ein Finger erhoben, der Rest eine Faust, das bedeutete: Achtung haben und zuhören. »Ich spaße nicht, sagt der Monsignore. Ich spaße nie, wenn es um meine Arbeit geht – lass dich von Ippolito nicht reizen –, du weißt, wie sehr ich dich schätze, dass ich seit über zwanzig Jahren und mehr keinen Film ohne dich machen wollte … wie ein Sohn bist du mir … du hast diese gleiche Überzeugung wie ich: dass man die Welt nicht begreifen kann, aber dass wir hier, mit unseren Mitteln, etwas in Ordnung bringen können … dass die Welt unzureichend ist und dass wir sie ändern müssen. Ich weiß doch, wer du bist, seit du diese Reise nach Arvane machtest mit Luisa … als du in deine alte Straße gingst, als du versucht hast herauszufinden, wer der Junge war, als der

186

du dort aufgewachsen bist nach dem Tod deines Vaters – und jetzt, Enzo, erzähle mir davon, und ich erzähle es allen, draußen, in der Stadt, im ganzen Land, was sagst du?«

Er war langsam abgerückt vom Monsignore, der nur einen grauenvollen Scherz machen konnte, anders war nichts von dem Gesagten erklärbar, seine Gedanken rannten unentschieden hin und her.

Der Monsignore beugte sich vor, was besondere Aufmerksamkeit verlangte: Jetzt hieß es *zuhören*, jetzt wurde eine *Entscheidung* gefällt!, und sagte: »Du lebst seit zwanzig Jahren in deinem Verschlag und hoffst immer noch, genug zu verdienen, um zu heiraten, eine Frau und ein oder zwei Kinder zu haben, die du aufwachsen sehen willst ... aber das wird nicht gelingen, du gehörst hierher, hier wirst du wie ich dein Leben beschließen. Der Film! Die Geschichten! Das ist in deinem Blut so sehr wie in meinem! Du kennst das alles so gut, dass du nicht erst darüber nachzudenken oder sogar zu reden brauchst. Du lernst keinen Text, du merkst dir keinen Text, aber wenn man dir sagt: spiel dies – spiel jenes, dann wacht all das, was du über so viele Jahre hindurch in dir getragen hast, plötzlich auf. Darum spielst du besser als die meisten Schauspieler ... weil du nichts spielst, weil dir alles ernst ist! Vielleicht hat es nie jemanden gegeben, der den Schauspielern gefährlicher wurde als du mit deiner blanken Seele im Gesicht.

Lass mich deine Geschichte erzählen, du wirst damit das Geld verdienen, das du brauchst. Lass mich diese Geschichte erzählen, so lange ich es noch kann. Meine Zeit hier läuft ab … du siehst ja selbst, in welchem Zustand ich bin!«

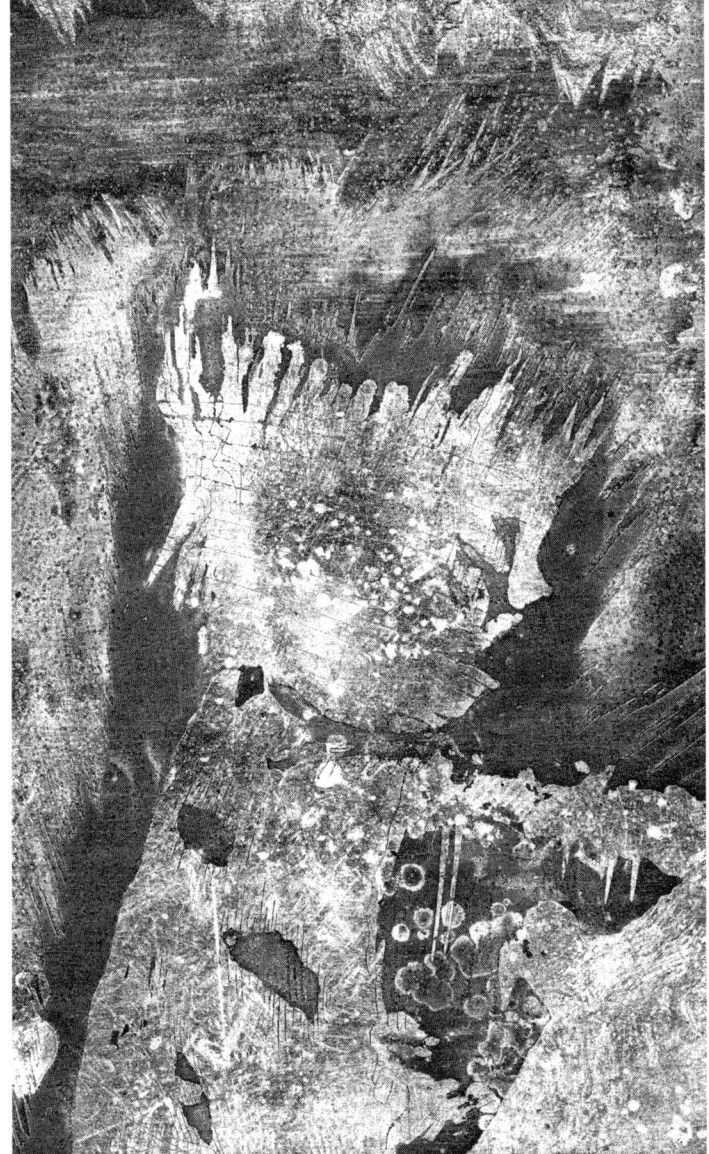

XV

Elio
l'epoca del cavallo

Geh nicht vorbei,
an der verlassenen Stadt,
entzieh deine Schritte
dem Pfad der Toten.
Folge den Schweigenden:
Das ist dein Spiel
mit der Geschichte.
Das verborgene Licht
erblickt dich,
im Gewand des Schweigens,
in fremde Haut zurückgekehrt.

1

Die Zeit wurde ehern, fesselte seine Beine, machte sie schwer. Sie setzte sich auf seine Schultern und rundete diese, sie machte ihm einen Buckel. Sie zog ihm das Mark aus den Knochen, sie wand ihm die Nervenstränge aus dem

Fleisch, sie machte ihn hell, klein, sie rächte sich für die Tage, da er auf nichts hörte als auf die eigene Stimme, ein Zirkusreiter, dem das Fleisch von den Knochen schrumpft. Das ausgedörrte, von einem zerfetzten Bart verheimlichte Gesicht hat nichts mehr gemein mit dem Jungengesicht von einst, das niemals scheitern konnte bei den Menschen. Sein Körper sprach zu ihm: Nichts kann dich aufhalten, der Tod ist weit weg, er ist das Problem anderer ...

Elio erinnerte sich kaum noch an die kunstvoll verzierten, mit Lack und Elfenbein veredelten Sättel, an die Halfter, an die Frauen, die wimmernd und schreiend vor Vergnügen seinen Kapriolen und Kunststücken zugesehen hatten. Sie applaudierten ihm, der ihnen kaum ausdenkbaren Nervenkitzel schenkte.

2

Elio verließ den Zirkus. Noch einen letzten Moment erlaubte er sich zum Verabschieden: wenige Jahre, in denen er Käfige säuberte, Kostüme flickte, dem Tierarzt assistierte. Hatten sie schon vergessen, wer er einmal gewesen war? Er vergaß es ja selbst schon.

Ich gehe fort,

in die Leidenschaft des Endes,

als wäre das Ende

ein Horizont

und das Schweigen,

an dem ich mich verletze,

eine Schwelle.

»Wer ist das?«, fragte der neue Zirkusdirektor eines Tages, auf Elio zeigend. Er trug Schuhe aus Pferdeleder.

Am nächsten Morgen ging er fort, als alles noch schlief, nur von den Pferden verabschiedete er sich. Sie würde er vermissen. Ihre Körper und sein Körper, das war eine Einheit gewesen, die nun zertrennt war. Doch noch immer beruhigte ihn der Blick aus Pferdeaugen, die ihm ein Versprechen von Unberührtheit und Glück gaben. Sein müdes Auge ruhte sich einen Augenblick aus.

Er ging.

Er trug einen kleinen Beutel bei sich, in dem seine gesamte verbliebene Habe war. Beständiger als die durchlöcherte Zeit war die Melodie der Stunden, in die kein Kummer vordrang.

3

Bevor er noch auf dem Rücken der Pferde durch die Luft gereist war, vor vielen Jahren, da hatte er einen Bruder gehabt … einen Freund, der wie ein Bruder war.

In manchen Nächten hatte er wachgelegen und an den Freund gedacht, nur dann spürte er etwas, einen wachen und unruhigen Schmerz. Seine Gedanken wanderten dann in die Tage der Kindheit, als sie, nebeneinander die Nacht durchwachend, vom Erwachsensein geträumt hatten, tausenderlei Möglichkeiten erwägend, ineinander verschlungen gegen die Weite der Welt.

Und dann war er allein hinausgegangen in die Weite, ins Feld, das in Wahrheit endlos und fremd gewesen war. Stark hatte er sein wollen und mutig, das Abenteuer suchend als Söldner in einem fremden Krieg, einem Krieg von Fremden gegen Fremde, der ihn ihm Grunde nichts anging und in seinem Innersten nichts berührte. Jedenfalls sagte er sich das in jedem Augenblick, da er einen sterben sah.

Es war seltsam, einen Menschen sterben zu sehen und sich im gleichen Augenblick und Atemzug am Leben zu wissen, es war unbeschreibbar, unerzählbar.

Die Zeit spannte sich wie ein Seil unter seinen Füßen, so setzte er einen Fuß vor in die Zukunft, oder einen Fuß zurück in die Kindheit. Er war überall und an jedem Ort, nur nicht hier, wo man für ein paar Lira die Kindheit verlor und alles Gute. Wer will schon gerettet werden, wo so viele nicht überleben?

4

Als sie sich wiedersahen, waren die Eltern klein und weiß geworden. Sie hatten ratlos vor ihm gesessen. Sie hatten ihren Jungen dem Krieg überlassen, weil er das so wollte, und nun saß dieser Mann vor ihnen, in dem sie ihr Kind nicht erkannten. So saßen sie voreinander, vereint nur in Einsamkeit und Schweigen.

Er werde zum Zirkus gehen, hatte er den Eltern gesagt. Im Krieg habe er Schreckliches lernen müssen. Wie man eine Bauchhöhle zunäht und wie man Menschen und Pferde erschießt. Er habe ein Pferd gefunden im Krieg, dem sei der Bauch durch eine Granate aufgerissen worden. Der Major habe ihn angeschrien: »Erschieß es!« Aber er habe es nicht gekonnt. Er hatte die Waffe erhoben, den Abzug gezogen und ihn losgelassen. Er senkte die Waffe. Er sah die herausgeplatzten Eingeweide, er sah den Blick des Tieres, aber er habe es nicht erschießen können. Wie viele Menschen er erschossen hatte, das hätte er nicht zu sagen gewusst, aber das Pferd erschießen …?

Die Mutter nickte. Der Vater sah zu Boden. Auch sie hatten ein Pferd besessen, ob Elio sich daran erinnern könne? Darauf habe er als Junge reiten gelernt. Es war ein altes, gutmütiges Pferd, kräftig, seine Kraft habe die Familie ernährt. Das habe Elio wohl gespürt, er sei, so erinnerten sich die Eltern, dem Tier näher gewesen als der eigenen Art …

Der Vater betrachtete seine Hände, betrachtete die Hände des Sohnes. Wie der Zirkus heiße, ob er dort gut bezahlt würde, fragte er, und ob ihm wohl die Zeit bliebe, wieder einmal zu Besuch zu kommen?

5

An einem winterlichen Ufer, das geschwärzte Gesicht ab-
gewandt vom Wind, von den Eispartikeln in diesem Wind,
wird er nicht mehr weitergehen. Der Tageshimmel schwindet.

Elio gibt dem Pferd einen Schlag auf die Kruppe: »Geh!«
Das Tier verharrt.

»Geh!«

Es scharrt mit den Hufen, es bleibt.

Das Pferd ist, wie er einst selbst war: Ein Körper, warm
und kräftig, der alles auszuhalten vermag. Tagelang hatte er
es vorangetrieben über die unsichtbarsten Wege, hinaus in
die Schatten, die über diese letzte Steppe fallen. Schatten,
die verdunsten, sich auflösen in Nichts und Ruhe. Von den
Augen des Pferdes erlernt er den Wortlaut des Endes.

Er legt sich nieder. Während er in den Schlaf sinkt, hört er
das Pferd atmen. Es wird auf ihn warten.

Die Frucht, die Träume spendet,
das verborgene Licht,
das stolzes Schweigen bricht
Sonnenaufgänge / Auswege / Obhut kennt

die Fantasie *ist*
der Baumeister der Welt.

XVI

Hier bin ich

davonlaufen und hineinlaufen
in den schmalen Schnitt
den die Erinnerung
ins zarte Fleisch deiner Seele
sprengte
gib mir die Hand
sei mir der Nachklang
zu allem
was nicht existierte.

Wie spät …? Drei … Uhr?
Die Augen kann er kaum öffnen.
Was hat ihn geweckt?

Er liegt ganz an die Wand gedrückt, den Körper umhüllt
von dem Laken, das ihm seit Jahren als Decke dient. Seine Kammer in völligem Dunkel … bunter Schaum tanzt
vor seinen Augen. Was hat ihn geweckt? In seinen Ohren

löst sich eine Erinnerung auf an das schwere Brummen von Motoren, das Schleifgeräusch bugsierter Kamerawagen … um … drei Uhr … morgens … und eine Stimme … *sein Name …*

Er steht auf, schaltet die Taschenlampe ein: Licht streift die Gegenstände wie Schmetterlingsstaub. Er geht hinaus in die Halle. Die Kulissen der Filme unter Tüchern und in hölzernen Kisten: Ablagerungen, verstaubt und ungenutzt, die verlorenen Federn eines toten Vogels. Ein Panorama des Zerfalls, schön in seiner geheimnisvollen Selbstzerstörung.

Es zieht ihn hinaus.

Die Cinecittà bei Nacht: seine Città allein, rötlich koloriert von den wenigen Nachtlaternen, betäubt von tiefer Finsternis. Ohne Licht wirkten die Bauten unförmig, unbekannt und geheime Sehnsüchte weckend.

»Hier bin ich!«, ruft er.

Er hört sich nicht gehen, atmen, sein Schatten wankt über Wände, von denen er nicht weiß, was sie verbergen. Vor einer Halle treibt ein Hauch Fetzen im Kreis: Zeichnungen auf Zeitungspapierfetzen. »Hier bin ich!«

Ein unerwarteter schwerer Nebel hält die Città umhüllt, doch trotzen die goldenen Kuppeln des alten Konstantinopel, die Glastürme New Yorks, die Alpenspitzen, die Meere des Südens, die Wüste mit ihren hohen Dünen gegen den Nebel an, eine Welt aus Gips und Holz und Styropor, von Blattgold verhüllt, der Sand ist gelb aufgesprühter Schaum, das Wasser aus Folien und Glasbahnen: ein monströser, größenwahnsinniger, kostbarer Schwindel, errichtet von Hunderten von Arbeitern in dieser Kunstwelt, die alles erschafft, um es sogleich wieder auszuscheiden. Wer nicht das eigene Leben aufs Spiel setzt, darf hier gar nicht herein. Techniker ziehen sich regelmäßig Verbrennungen und Stromschläge zu, der Komponist R. verschied, nachdem er achtzehn Stunden lang wieder und wieder eine Musik hatte umschreiben müssen für einen Film, der nicht fertigwerden wollte. Die Signora C., eine hübsche, fröhlich alt gewordene Komparsin, wurde von einem Kranausleger erschlagen, der Taucher B. ersoff, als er eine Unterwasseraufnahme zu machen hatte. Und die Kameraleute U., J. und C. waren, alle am gleichen Tag, zu Vätern geworden, während der Regisseur F. seine Mutter verlor. Das alles war an einem einzigen Tag passiert, jeden Tag wirbeln diese Tragödien und sonderbaren Geschichten um ihn herum, offensichtlich nur dazu gemacht, um von ihm erinnert zu werden. Hier ist alles, hier besitzt er alles. Und sehen ihn die anderen auch in einem Zustand quälender Gleichförmigkeit verharren, so weiß er doch, dass er hier nicht einen Moment allein und gelangweilt sein könnte. Gestern ist er eine Rennbahn entlanggeschlendert, vorgestern war er in der Löwenarena des alten Rom, er hatte auf dem Thron Julius Cäsars gesessen und in der Nachbildung einer Grotte genächtigt …

Was kümmerte es ihn, dass das alles verging wie ein Hauch? Wer außer ihm selbst durfte bestimmen, was echt ist und was nicht?

Niemals würde er die Città verlassen … niemals hätte er es *in Betracht gezogen* … Zweiundzwanzig Jahre sind es nun, dass er hier, in seiner neuen und letzten Opportunità, angekommen ist, und mit jedem Tag, der verging, wurde es ihm undenkbarer, eine Ortsveränderung auch nur ernsthaft zu erwägen … bis eben zu diesem Abend, als er diese Stimme hört … die ihn ruft, die ihm ununterbrochen ihren Ruf in die Ohren flüstert, deutlich seinen Namen ruft, mit der Stimme seiner … kann das sein? … Mutter! Ein Traum ist das nicht.

Kein Erdbeben, kein Feuer, kein Sturm hätte eine fürchterlichere Verwüstung anrichten können als eben diese Stimme in ihm: Jeden Gedanken mitleidlos beiseite schiebend, läuft er los: durch Kalkutta, durch Westernsaloons, durch einen künstlichen Wald … vorbei an den Bauwagen der Stars, deren Namen *Sophia … Toto … Anita … Marcello …* weit über ihm schweben.

Vom großen Platz aus sieht er in die dunklen Straßen, die Brücke, die sich über einem Fluss aus Aluminiumstreifen aufspannt und in einer gemalten Wand endet: alles undeutlich, unmöglich, fehlgeträumt. Er hastet zwischen Palmen und Zypressen hindurch, manche sind sogar echt und umzirzen ihn mit ihrem Duft …

Hier bin ich!

Kein Licht vor ihm, nur dunkle Kulissen, lichtlose Umrisse von Gebäuden, alles ist wie verschwommen hinter dickem Rauch. Schon ist die Lockung der Città nurmehr dunkler Hintergrund, lichtlose Fantasterei.

Er steht vor dem großen Tor, zu dem außer den Pförtnern und den Sicherheitsleuten nur er einen Schlüssel besitzt – am sichersten verwahrt bei ihm, der nie hinausgeht, nie diese Pforte durchschreiten wird ... und sie nun doch aufschließt mit zitternden Händen und darauf wartet, dass ihm durch die sich aufsperrende Öffnung eine fremde Luft, ein unbekannter Lärm, ein Weltgift entgegenschlägt.

Enzo!

Ihre Stimme? Kein Zweifel.

Ihre Stimme.

Er eilt voran, kein Blick links, kein Blick rechts, er denkt: Ich gehe zu ihr.

Er geht langsam, diese Stadt, dieses Außen, das er seit so vielen Jahren nicht mehr in Betracht gezogen hat, ist ihm unbekannt. Hohe Gebäude ragen auf, deren Umrisse und Farben er nicht ausmachen kann. Er hört Schritte, Schritte vieler Menschen, die zugleich versuchen, sehr leise, ja unhörbar zu sein. Ein dunkles Volk fiebert dort in eigentümlicher Eile, niemand sagt etwas oder wagt einen verräterischen schnellen Schritt. Sie stoßen nicht aneinander, mehr Ahnung als Wirklichkeit flackern sie im Dunkel ... Es wird heller: Sonnen kreisen im Nebel, viele Sonnen,

Dutzende Sonnen, gelb, rot, hellblau … Die Silhouetten der Hastenden, die nun, da sie seine Gestalt wahrnehmen, plötzlich stillstehen. Das Bild hält an, sein rauhes *Hier bin ich!*, das ihm vorauseilt, lässt die Menschen, deren Gesichter und Kleider er nicht ausmachen kann, innehalten. Kulissen sind sie in einer noch größeren Kulisse …

Noch einmal ruft er: »Hier – bin – ich!« Und eine Stimme, so flüchtig, als flüstere sie ihm etwas zu, das kein anderer hören darf, antwortet: »Enzo! Da bist du endlich!« Und die Sonnen werden Scheinwerfer, ausgerichtet auf ihn, und er hört Schritte und die Schritte kommen auf ihn zu, Bewegung kommt in die Kulissen, in die Stillstehenden. Schritte hört er, viele Schritte, und geflüsterte Worte, so viele, als bräche ein Regen herein, und sein Name kommt als Echo zurück aus weiterer Ferne … »Enzo!«, ruft sie, die vor ihm steht, auf die nun ein Scheinwerfer sein verschwenderisches Silber ausgießt, die er inmitten von Menschen stehen sieht … Die Leute … kennt er! Es sind die Bühnenbildner, die Kameraleute, die Beleuchter, die Visagisten, die Bauleute und die Tonleute mit ihren Mikrofonarmen …

»Mama …«, hört er sich sagen und fühlt sich ruhig und fast heiter, wie ein Mensch, dem nichts mehr geschehen kann … So geht er nun sehr ruhig auf sie zu. Ja, sie ist es, seine Mutter, sie ist es – bis zu dem sich halb auflösenden Haarknoten im Nacken und den tiefliegenden großen schwarzen Augen, ihre Augen, die eingeschnittenen Linien um den schmalen Mund, die halb gebückte Haltung in dem Kleid, das einem größeren, kräftigeren Körper angepasst worden war ... *sie ist es* ... und er jagt zu ihr, durch die Filmleute hindurch, streift manchen, ohne die Berührung wahrzunehmen; immer wieder ruft sie seinen Namen, bis er fast bei ihr ist, bis er sie ganz deutlich sehen kann ... und ein furchtbarer Schmerz fährt ihm in den Kopf, durch die Augen, in den Hals, in die Eingeweide, dass er in die Knie bricht.

Er sieht nun alles, aber er kann nicht denken.

Da sitzt er, der Monsignore, in seinem Regiestuhl, die Kamera ist wohl schon seit langem dabei, vierundzwanzig Bilder pro Sekunde einzubrennen, und hinter dem Monsignore sieht er, wie immer, den Orlinksi, auch den Ippolito sieht er, den Francesco, auch Cirino. Die Komparsen, die jetzt keiner mehr braucht, lagern im Hintergrund, manche haben Essen auf einer Decke ausgebreitet, sie warten still ... warten *auf ihn* ... Erheben sich ruhig, behutsam, dass sie die scheue Beute jetzt nur nicht verscheuchen ... Langsam drehen sich die Scheinwerfer ihm zu, dimmen das Licht herab, *jetzt*, so deutet eine knappe Bewegung des alten Monsignore an, *brauchen wir weniger Licht, macht die Einstellung nicht kaputt ...*

Die Frau beugt sich hinab zu ihm. »Enzo«, sagt sie leise, »Enzo.« Sie beugt sich hinab zu ihm, fasst ihm zart an den Kopf, auch Ippolitos Kamera kommt näher, ein Riesenauge, in dem er sich zwergenhaft vor die Mutter gekauert sieht, umringt von den Glühkäfern der Scheinwerfer. »Enzo«, sagt die Frau, die seiner Mutter so sehr ähnlich sieht. Aber sie ist doch nur eine Schauspielerin, denkt er, gut ausgesucht, wie konnte ich nur darauf hereinfallen,

aber als sie ihn festhält, wehrt er sie nicht ab.

… sie ist es nicht,

natürlich ist sie es nicht.

Trotz allen Schmerzes, der ihn einschrumpft, bäumt ihn ein Gefühl ungeheurer, trauriger Komik auf: dass er immer noch auf so eine Camouflage hereinfallen will …! Wie hätte sie es wohl sein können? Plötzlich aufgestiegen aus vergangenen Zeiten, heraufbeschworen aus dem Parnass von einem alten Lichtbildner und seiner von Alter und Arbeit niedergebeugten Entourage? Und nun? Wird er ihnen die Aufnahme ruinieren? Er schaut nur auf die gleisnerische Vision seiner Mutter, kniet mit steifem Rücken und unbewegtem Gesicht und sagt, gerade so, dass es ins Ohr der Darstellerin flimmert: »Du bist es nicht.«

»Cut«, ruft der Monsignore, hinter goldgefassten Brillengläsern lächelt sein Blick: Sie alle sind da, seine Kinder, seine Puppen, seine geliebten Marionetten, alle … alle außer … *Luisa* …

Enzos Augen torkeln orientierungslos über die Schauspielerin, die, da sie nun ganz in Licht gekleidet ist, gar keine Ähnlichkeit mehr haben will mit seiner Mutter, zu klein die Augen, zu glatt die Haut, zu gesund … Alles um ihn herum bewegt sich langsam und träge wie Treibgut, das auf dem Meeresgrund von einer lustlosen Strömung hin und her gewälzt wird. Was bedeutet das dauernde Öffnen und Schließen der Münder? »Enzo …! Enzo?«

»Ja, ich bin da«, fährt er hoch.

»Enzo«, wiederholt der Monsignore, fixiert ihn mit dem altbekannten, brennenden Blick unter den schweren Lidern, Altmännerlider, dunkel verfärbt von einem schwach gewordenen Herzen, »komm zu mir, reich mir die Hand … Du warst fantastisch … Wie kalt deine Hand ist, wie dünn, stirb mir nicht, mein Kleiner … Das wird mein bester Film … Unser bester … dein bester … Unser großer Film. Ich habe auch schon einen Titel, willst du ihn wissen?«

Als Enzo sich erhebt, ausgehöhlt und ausgefroren, ermüdet von den vielen Überraschungen und Stimmen, sieht er im Licht der Scheinwerfer … *Arvane … sein* Arvane! Das Arvane seiner Kindheitstage … das sie nachgebaut haben bis ins letzte Detail. Vor dem aufragenden Hintergrund einer Hallenwand sieht er dieses Kindheitshaus, kraftlos fällt noch einmal ein stimmloses »Mutter« von seinen Lippen, nur ein Wort ist es, und es wird nicht lebendig.

XVII

Ich bin die Stimme

Ich bin die Stimme hinter euren Gedanken.

Was ich euch zeige: ein Rudel Gänse, das die Sonne verdunkelt, weiße Pferde, die in rotes Blut tauchen, schwarze Teiche, auf denen weiße Boote fahren, oder weiße Knochen, oder Eis, weißer als Muschelsand, es sind die gekrümmten Finger einer Frau, die sich über einen Knaben beugt, das Bild wechselt, langsam, es ist kein Knabe, sondern eine Statuette, die, als sie sie anheben möchte, zerspringt, in tausend Stücke und mehr zerspringt.

Was ich sehe: Mich.

Mich selbst.

Und euch, die ihr mich beobachtet.

Was ich überdies sehe: Euch, die ihr euch vergesst, von meinen Bildern fortgetragen.

Ich bin der Regisseur.

Ich schreibe die Träume, die in euch wohnen.

Ich bin die Stimme hinter euren Gedanken.

Wo ihr leere Landschaften seht, unentdeckte Länder,

dort war ich zuvor schon, wanderte gegen Horizonte, die niemand kannte, sah Farben, wo keine Farben existierten.

Ich bin die Bewegung in euren Gliedern, die Lust und die Liebe in euch.

Wo ihr euch noch fragt, weiß ich bereits alles.

Wo ihr Leere spürt, weiß ich die Antworten, das Ziel aller Wege und Gedanken. Ich bin das Gefühl, das jedem eurer Gefühle vorausgeht und jede Freude. Jede Trauer, die ich euch empfinden lasse, habe ich zuvor hundertfach größer und tiefer selbst empfunden. Ich bin es, der euch erst die Gefühle gibt, der euch zum Lachen bringt oder euch ängstigt. Wenn ihr die Gesichter seht, die ich für euch ausgesucht habe, werdet ihr euch verlieben oder grundlos umdrehen nach euren Liebsten und euch fragen: Wo habe ich dieses Gesicht schon einmal gesehen?

Ich bin und bleibe in euren Gedanken, und wenn ihr auf dem Heimweg ein ganz bestimmtes Licht aus einer Kneipe auf dem feuchten Belag einer alten Straße aufleuchten seht, wenn ihr in diesem Licht eine Frauengestalt entdeckt, die sich eine Zigarette anzündet, wenn ihr glaubt, es zerreiße euch vor Liebe oder vor Sehnsucht, diese Frau aus der Kälte zu führen, wenn ihr die Bösen hasst, die ich euch vorstelle und diesen Hass aufgebt, weil ihr einseht, dass auch dieser Böse etwas besitzt, das man nicht verdammen kann, wenn ihr im Bett liegt und in den Schatten des nächtlichen Zimmers meine Bauten seht, meine Kathedralen und Türme, meine Raketenabschussrampen, meine weiß geschminkten

Clownsgesichter und traurig-schönen Tänzerinnen, denen kein gutes Schicksal gegeben ist, wenn all das hineinsteigt in eure Träume, dann, meine Lieben, darf ich mich für einen Moment ausruhen und hoffen, es gut gemacht zu haben.

Denn ich bin Erzähler. Wie ihr wisst, erzähle ich mit Licht und Dunkelheit, und statt auf Papier schreibe und male ich auf Celluloid. Vielleicht aber sollte ich euch mitteilen, weshalb ich mich für berechtigt halte, etwas zu erzählen, da doch jeder, der einen Mund hat zu erzählen und eine Hand, um einen Stift zu halten, an meine Stelle treten könnte.

Ich bin der, den ihr nicht ersetzen könnt, der euch erzählt von Dingen, die niemand sonst euch erzählt. Ich bin der, der es wagt, euch das Unsagbare, das Undenkbare vorzuführen.

Ich bin euch unheimlich, ich weiß, denn ich bin meinen Fantasien unterworfen wie die Untergebenen ihrem antiken Herrscher. Ich bin unheimlich, weil ich vielen Menschen gebiete, weil ich eine Macht habe, die niemand zu brechen vermag. Die Darsteller atmen und schwitzen in dem Rhythmus, den ich ihnen zugestehe, und wenn ich es will, dann entkleiden sie sich, erst ihre Körper, dann ihre Seelen, und ich richte einen Scheinwerfer auf sie und banne ihre Nacktheit für Millionen und für alle Zeiten.

Ich bin euch unheimlich.

Ich war es immer. Schon das Kind, das ich war, erschreckte die Erwachsenen. Man sagte mir, ich hätte niemals wie ein

Kind gewirkt, schon die Fragen, mit denen ich im zartesten Alter alle Erwachsenen verfolgte und verstörte, hätten nichts Kindliches gehabt. Unerschrocken sei ich gewesen, was heißt das schon. Kinder erschrecken sich nur vor dem, was ihre Eltern ihnen an Ängsten in den Kopf setzen. Meine Eltern setzten mir nur eine Angst vor: Die Angst vor der ausgeschlagenen Möglichkeit. Schon als Kind ließ ich mir also nichts entgehen. Es starb, ich war kaum zehn Jahre alt, der Bruder meines Vaters, ein Stahlbalken hatte ihn auf der Baustelle, die er als Ingenieur betreute, getroffen: Ein Stahlbalken, der gegen seinen Brustkorb schwang und diesen eindrückte mit jener Leichtigkeit, mit der Kinderfinger einen Grashalm knicken, und das maßlose Erstaunen, dass dem Sterbenden sich ins Gesicht prägte, konnten die Leichenbesorger nicht von seinem Antlitz wischen. Wie aber entsetzte sich die Familie, als ich mich über den Sarg beugte, um die veränderte, ja verheerte Physiognomie meines Onkels genau auszustudieren, die eingedrückte Brust, die man unter dem Hemd aufgepolstert hatte. Überhaupt: Wie der ganze Tote in seinem Anzug auf eine absurde Weise zurechtgemacht worden war, dass man den Tod, der ihn nun besaß, nicht ahnen sollte. Aber er war tot und ich wollte diesen Tod sehen, ihn begreifen, und meine Hand berührte die klamme, wächserne Haut des Verblichenen, spürte darin das Kalte jenseits aller menschlichen Temperaturmessung, aber auch, dass der Tote nurmehr ein Ding war, eine Hülle. Der Onkel in seinem Sarg war nichts Kostbares mehr. Wohl riss jemand mich fort von dem Toten, dessen Geheimnis zu durchdringen mir für diesen Moment verwehrt worden war, aber ich beschloss wohl auch, bei der nächsten sich bietenden Gelegenheit wiederum dem Toten so nah zu kommen wie möglich, um herauszufinden, was es denn sei, das den Lebenden so besonders macht. Natürlich seine Wärme, könnte man sagen, denn das war es, was ich beim Hinausgehen ahnte, als mein Vater mich, wohl um weitere Eskapaden zu verhindern, fest an der Hand hielt. Ich prägte mir die Wärme, nein, vielmehr die Hitze dieser Hand ein, ihr Gewicht, ihre Beschaffenheit, so dass ich die Knochenstruktur unter dem Fleisch und den Sehnen zu durchdringen glaubte wie eine Röntgenapparatur. Ich betrachtete das feuchte Haar im Nacken des Vaters und die Härchen in seinen Nasenflügeln, die sich bei jedem Atemzug bewegten. Bewegung. Feuchtigkeit. Hitze. Ist das alles das Leben? Ist es in dem Schmerz, den man empfindet, wenn einem etwas davon genommen wird, ist es in der Freude, in den Träumen?

Ich fragte meine Eltern, und meinte es damit bitterlich ernst, ob Tote träumten und was es denn sei, was sie träumten, wenn sie denn träumten. Ich gestehe, diese Frage bei einem Mittagessen zu stellen, mag etwas Ungezogenes sein, jedenfalls zu der Zeit, als ich ein Kind war.

Die Reaktion meines Vaters auf diese Frage war die eines Mannes, der mit äußerlicher Ruhe ein beunruhigendes Thema abschmetterte, indem er weder auf meine Frage einging noch sonstwie zu erkennen gab, dass er sich eine solche

Frage womöglich selbst schon einmal gestellt hatte. Er fragte meine Mutter, ob sie schon etwas gehört habe wegen der Gasrechnung? Und meine Mutter, nach einem Seitenblick auf mich, beantwortete in verstörender Weitschweifigkeit diese Frage mit einer Ausführlichkeit, die letztlich meinen Protest herausforderte. Ich erneuerte meine Frage und den deutlichen Wunsch, eine Antwort zu erhalten. Ich erinnere das irritierte Blinzeln meiner Eltern, das Räuspern meines Vaters, das suchende »Aber was soll denn diese Frage?« meiner Mutter, die hastig eingeschobene Frage meines Vaters an meine Mutter, ob er ihr noch etwas Suppe aufgeben dürfe und ihr dankbares: »Ja, bitte gern.«

In der mit vorgetragener Umständlichkeit ausgeführten Aufgabe fand mein Vater wohl einen Gedanken oder, anders ausgedrückt, den Beginn eines Gedankens, den er mir, in Ermangelung einer Antwort, vorsetzte: »Sollte es einem Toten möglich sein zu träumen, so wird es wohl ein sehr langer Traum sein, länger und ausführlicher wohl als alle unsere Träume, denn die Toten sind tot bis zum Jüngsten Gericht, von dem niemand weiß, wann es eintreten wird.« »Es könnte also auch morgen sein?«, fragte ich.

Ich bleibe unheimlich.

Ich treibe zwischen Sternen, Sonnen und Welten: ein tausendäugiges Wesen, von Milliarden von Fantasien und Träumen behaust.

Ständig schreibe ich etwas auf, gerade noch rechtzeitig bringen meine Hände eine Idee wohl aufs Papier, aber es ist eben nur eine einzige Idee, die ich retten kann, während mir im Kopf zugleich tausende verdorren, die es nicht rechtzeitig aufs Papier schaffen. Jeder Idee, die auf so einem Papier ein kleines Weiterleben errungen hat, folgen minütlich neue Ideen, die sie ablösen. Und zehntausende, vielleicht hunderttausend solcher Einfälle welken in den Schränken, in den Notizbüchern, in den verborgenen Winkeln meines Hauses, und ich muss sie vergessen, sonst gäbe es keinen Morgen mehr.

– Das bin ich, der, den sie Monsignore nennen, und ich weiß diesen Namen, den sie mir in Spott und böser Laune anhefteten, mit der Würde eines Menschen zu tragen, der weiß, dass kein anderer ihn erreichen kann.

Ich bin ein Genie, das weiß ich und ihr wisst es auch.

Ich werde in euren Köpfen sein, noch lange nachdem mein Körper so wenig Substanz hat wie die Gedanken, die in mir blühen und welken. Ich bringe das bewegte Licht in die Dunkelheit, die ihr euer Leben nennt.

Ich lasse euch träumen, wenn ihr glaubt, längst das Träumen verlernt zu haben.

XVIII

Casa del Dimenticato

Es sind so viele Fremde
mit den Stimmen der Toten
im Leben zurückgelassen:
verklungen im Eis der Zeit.

In diese steinige, nackte Erde
legen wir unsere Wünsche ab
wie ein wildes Tier, ein Vieh,
hier inmitten von Dornenbüschen:
graben wir sie ein.
im Land stummer Echos,
von dem wir nichts wussten:
liegt das Leben.

Hinter der Säule ist sie gut versteckt, von hier aus kann sie alles sehen, aber sie selbst wird übersehen: Gut so, denkt sie, gut so. Ihr Blick ist fest auf das Portal der Città gerichtet, mit einem Lächeln erkennt sie, dass alles fast genau so aussieht, wie ihre Erinnerungen es ihr zeigten. Da stehen Bäume, da sieht sie Kulissenbauten, da ist das Pförtnerhaus, überragt von schwarzgrünen Pinien und jungem Pappelgrün, umsäumt von üppigen Oleander- und Klebsamenbüschen.

Sie erinnert sich nicht, wie oft sie in vergangenen Tagen durch diese Pforten eintrat in diese von mächtigen hohen Mauern geschützte andere Welt. Dem unbefangenen Betrachter mochte es so vorkommen, als habe er die Pforten eines merkwürdigen Paradieses durchschritten, worin eine so große und dauerhafte Fröhlichkeit herrscht, eine so unbeschwerte Heiterkeit, als gehe man unter Menschen, die alles Irdische abgelegt und als stets gutgelaunte Tagediebe zusammen mit Göttern, Engeln, Prostituierten, Ärzten, Musikern, Clowns und Gespenstern die Zeit vergessen haben.

Sie findet Erinnerungen in sich, die, sobald sie nicht versucht, ihnen nachzueilen, sanft aufblühen: kleine ausgeblasste, manchmal schon beinah konturenlos gewordene Bilder einer Zeit, die so lange zurückliegt, dass sie sich verbietet, die Zahl der verflossenen Jahre auch nur zu denken.

Sie sieht den Farbtechnikern Serafini und Volpino zu, der eine kommt, der andere geht, vor dem Tor finden sie die Gelegenheit, mit weitschweifigen Gesten einige Worte zu wechseln und Neuigkeiten auszutauschen. Sie glaubt förmlich, die beiden alten Herren zu riechen, den durchdringenden chemischen Duft der Mitarbeiter des Kopierlabors. Und ausgestreckt auf den Travertinplatten findet sich, so friedlich, ruhig und unauffällig wie seit den Tagen, da sie noch im Filmland ein- und ausging, ein alter Hund, grau, freundlich, seine Privilegien hinnehmend mit der gleichen Nonchalance, mit der alle Bürger dieses eigenartigen Landes daran glaubten, dass die Welt ein nie endendes Wunder sei. So steht sie dort, verborgen hinter einer Kälte abstrahlenden Betonsäule, sich hinsehnend zu dem Ort, den sie, wie sie sich erinnert, niemals mehr hatte verlassen wollen. Dort drüben gehen noch immer die Boten ein und aus, ein träges Hin und Her wie von Fischen in einem Aquarium, lautlos, die aus den Mündern klappernden Laute gelangen nicht bis an ihr Versteck.

Die Stadt der Träume verschlang mehr Nahrung als die sie umgebende Stadt: Lastwagen voller Tomaten und Brot und Mehl, säckeweise Kaffeebohnen, sie erinnert sich auch an die harten grünen Pfirsiche, die sie damals so gerne aß, und an Mittagsmahlzeiten, die sich wie Bankette endlos bis in die frühen Abendstunden hinzogen und dann plötzlich auflösten, wobei die zufällig zusammengewürfelten Gruppen so plötzlich auseinanderstrebten wie Fische, die, Insekten an der Wasseroberfläche folgend, hastig zur Oberfläche emporschnellten. Sie war es nie müde geworden, dem endlosen Strömen der Menschen zuzusehen, den Filmstars in ihren bunten Bademänteln, den Statisten, die, um rechtzeitig am Set zu sein, in Pyjamas übernachtet hatten und nun, barfuß oder in Sandalen, zu einem der vielen Bistros schlichen, wo ihnen ein kräftiger Espresso die Augen öffnen sollte. Sie hatte es einst als selbstverständlich hingenommen, dass die ganze Bevölkerung dieser Welt in fantastische Kostüme gewandet war, einige bewegten sich nach nicht erkennbaren Regeln durch das Gelände, andere standen still, träumten mit offenen Augen oder schliefen auf einer Treppe oder im Zypressenschatten einen Rausch aus, andere trugen, wahrscheinlich als einzigen Hinweis auf eine wirklich bestehende geistige Verwirrtheit, ein hölzernes Schwert oder einen Degen und folgten einer unsichtbaren Armee.

Und einmal, erinnert sie sich, war ihr an einem Tag des heißen Schirokko, in der mit Elektrizität aufgeladenen, feuchten und glühenden Luft bewusst geworden, dass diese ganze schöne Welt ein bunter Zoo war. Ein Zoo, dessen Bewohner von den Dompteuren, also den Regisseuren, in Schach gehalten wurden, während die Dompteure wiederum dem Zoodirektor, also dem Produzenten, zu gehorchen hatten. Und an solchen glühenden Tagen konnte eine unbegreifliche Aggression ausbrechen, wurden Kämpfe um ein einzelnes Wort mit Fäusten ausgetragen. Und ganz und gar glichen die Kombattanten mit ihren heiseren Stimmen den wütenden Tieren einer Herde, die von einem Blitzschlag in Rage versetzt worden ist. Und dann ist das Unwetter vorüber, klärt sich die Luft, klopfen sich jene, die einander eben noch blutige Nasen schlugen, freundschaftlich auf die Schultern, und alle lachten.

Und sie erinnert sich an das Verliebtsein, jeden Tag ein wenig verliebt zu sein in einen anderen, und sie erinnert sich an die Freude, als er eines Tages mit einer geborgten Vespa vor diesem Tor der Città sie erwartet hatte und seine helle Stimme, rauh vor Erwartung, ihr entgegensprang: »Kommst du, kommst du?« Und sie war die Treppen hinuntergeeilt, nein, geflogen, sie musste geflogen sein, denn sie erinnert sich nicht, dass ihre Füße in diesen Jahren je den Boden berührten oder ihr Körper irgendeine Schwere empfand. Da war nichts Ernstes oder Trauriges in ihrem Leben, wenn sie mit einem Ragazzino, mit einem Arturo oder Tinio oder Nino oder Bruno oder irgendeinem anderen der hübschen Jungs, die kamen und gingen, auf einer Vespa durch die Stadt fuhr. Aber nie hatte sie sich so gern an einen heißen Rücken geschmiegt wie an seinen, der nach Salz, Erde, Pinien roch. Er hatte ihr auf einer der vielen Wiesen, die sich zwischen den Gebäuden der Città ausbreiteten, einen kleinen Garten angelegt, er hatte ihr gezeigt, wie man leben konnte von schmackhaftem Feldsalat oder Chicorée, der hier wuchs wie andernorts das Unkraut. Er kultivierte vergessene Obstbäume, überreichte ihr duftende Pfirsiche und Kirschen, und eines Abends, da sie nach ihm suchte, fand sie ihn über ein zwischen Ziegelsteinen entfachtes Feuer gebeugt, über dem er ein Perlhuhn briet. Ein ganzes Festmahl richtete er für sie aus, aus allein dem, was er auf dem Studiogelände gefunden hatte. »Nirgendwo ist es schöner als hier«, hatte sie zu ihm gesagt, und er, von Glückseligkeit stumm gemacht, hatte ihr mit einem wortlosen Neigen des Kopfes zugestimmt.

Sie erinnert sich nicht mehr, wo die wirkliche Stadt begann und wo die Traumstadt in sie überging, sie erinnert sich nur an das Tempo, das ungeheure Tempo, an den Fahrtwind, an ihr Haar im Wind, an den Wind in der Kleidung, an die Hitze seines Leibes, an ihre Wange auf seinem heißen Rücken und das rasche Vergehen der Tage.

Sie kann das alles wieder riechen und hören, wenn sie an diese Säule gelehnt in Richtung des Hauptportals der Città blickt … Der letzte Einlass war schon, als die Sonne die Stadt in Kupferlicht tauchte, jetzt sinken die hellen Farben langsam hinab in den Abend. Nicht mehr lang, denkt sie, und sieht drüben den Pförtner … Wie heißt der noch … Givi oder Giovanni …? Ein einsamer alter Mann mit einem tauben Hund, den er hätschelt wie ein Kind, dem er Kosenamen gibt, zu dem er freundlich ist wie zu keinem Zweibeiner … *Gianni!* … So heißt der. Manchmal grüßt er freundlich und manchmal überhaupt nicht, und seinem Gesicht kann sie die Geschichte eines unruhigen Lebens ablesen, und manchmal hat sie einen Pfirsich für ihn oder Sfogliatelle oder etwas anderes.

Der Alte glaubt noch ans Kino, so, wie es einmal war, wie es nie mehr sein wird. Er habe einmal ein Drehbuch geschrieben, erzählte er ihr vor einer Weile, und es soll beim Monsignore F. gelegen haben, der es sehr mochte. »Aber das ist lange her«, sagte der Pförtner, »lange bevor der infernalische Bilderstrudel des Fernsehens das Auge so kaputt gemacht hat, dass es gar nicht mehr fähig ist, die Bilder eines Films aufzunehmen und zu schätzen.« So sagte es der Alte und sie tätschelte ihm den Rücken, wie sie einem Kind

Trost zugesprochen hätte, dessen Eltern gestorben sind. Und sie hatte mit einem Lächeln allem zugestimmt, was er an traurigen, unverständlichen und eigenartigen Ansichten geäußert hatte.

Er träumt immer noch, der Pförtner, und wenn er die Ausländer hereinlässt, die dort, wo früher der Monsignore seine Filme erschuf, Werbefilme und Schmutz herstellen, dann blickt er sie nicht an, sie, die nichts ahnen von der schönen Cinecittà, die ihrer tiefsten Bedeutung beraubt worden ist. Denn in den modernen Fertigbauten, die sich auf den einstigen Wiesen wuchtig und banal erheben, in den immer noch baumgesäumten Alleen gehen nur noch alte Clowns, die niemanden mehr zum Lachen bringen.

Heute hat sie dem Pförtner eine *Buristo* geschenkt und der Alte freute sich, schnitt die Wurst gleich auf, gab dem Hund, gab ihr, nahm sich zuletzt und rückte dann mit der Information heraus, deretwegen sie seit vielen Monaten kommt.

»Er wird schon noch herauskommen«, sagte der Pförtner, »heute kommt er ganz bestimmt heraus …«

Als sie jung war, in diesen Jahren beim Monsignore, erinnert sie sich, konnte sie nichts behalten. Immer bekam sie etwas geschenkt und sie schenkte es leichtfertig weiter. Alles flog zu ihr und flog weiter. Menschen und Dinge und Gelegenheiten … und alle waren in sie verliebt, jedenfalls sagen das ihre Erinnerungen, wie Erinnerungen überhaupt zu ihrer stärksten Triebfeder geworden sind, sich aufrecht durch das an Licht und Farbe arm gewordene Leben zu bewegen.

»Heute kommt er ganz bestimmt heraus …«, wiederholte der Pförtner, fütterte dabei den alten, grauen Hund, der die Wurst annahm mit schwerfälligen, beinah widerstrebenden Kopfbewegungen, als vollzöge er einen mildtätigen Akt. Sie aber ist glücklich, nun den Lohn für ihre Suche zu erhalten, und glücklich ist sie auch, dem Hinweis nachgegangen zu sein, welchen ihr die Piccola Nonna überbrachte vor einigen Jahren.

Wie diese alte Frau sie ausfindig gemacht hatte … sie erfuhr es nicht. Aber sie erinnert sich an die hellen Augen der Frau, an das Gesicht, das gern und oft lachen wollte, an die Zahnlücken in dem immerfort Sätze hervorsprudelnden Mund … Die Piccola Nonna – so stellte sie sich vor – war mit dem, dessen Botschaft sie überbrachte, nicht verwandt. »Nicht blutsverwandt«, verbesserte sie sich, »du weißt ja, in unserem Geschäft sind wir alle irgendwie Familie.«

Die Piccola Nonna führte am Rand der Stadt, dort, wo es keine schönen Fassaden und keine Gärten gab und wo die Straßen einander umschlangen, ein Haus für Vergessene: Casa del Dimenticato, so stehe es auch am Haus, das man kaum finde, wenn man es suche, das aber jeder erkenne, der es brauche. Dorthin kämen jene, die nichts mehr besäßen außer ihrem armen und schönen Leben, einem Leben voller Geschichten, die jetzt keinen mehr interessierten.

Sie hatte die Piccola Nonna – einen anderen Namen wollte die alte, kaum einen Meter sechzig große Frau nicht nennen – hereingebeten und ihr kalten Tee angeboten.

»Tee«, griente die Alte, »so alt bin ich auch wieder nicht!«, und nahm gerne den Wein, den sie ihr hinstellte: wie Brandungswellen kämen sie zu ihr, sagte die Piccola Nonna, als habe sie diese Erklärung lange im voraus formuliert. »Sie kommen und gehen und ich gebe ihnen ein Bett und etwas zu essen, und wenn sie sterben ... weißt du, keiner will allein sterben. Manchmal sterben die Menschen allein, weil es nicht anders geht, weil keiner mehr da ist, aber sie wollen nicht allein sein, wenn es passiert ... Es will keiner allein sterben, der bei mir wohnt, weißt du ... Aber ich muss etwas anderes erzählen, ich bin nicht hier wegen ... sondern ... warte!«, sagte sie, öffnete ihre Handtasche und grub darin, wobei sie leise über sich selbst lachte: »Immer Unordnung, immer flieht alles vor mir ... Ah, da ist es doch!« Und sie gab ihr ein kleines Foto, schwarzweiß, ausgefranst und von vielen Reisen in Handtaschen und Geldbeuteln abgeschabt, aber immer noch glommen die schwarzen Augen, der spöttische Blick, und sie hatte sofort den Orlinksi erkannt, und neben ihm den ... wie hieß er noch ... Bertolino! ... und ... daneben noch einer ... *er*.

Sie hatte die Hand vor den Mund gelegt, obwohl sie nichts hätte sagen oder ausrufen können, nichts als einen Namen ...

»Na also!«, sagte die Nonna, »dann bin ich also nicht umsonst den ganzen weiten Weg hierhergekommen.«

Mit den Augen beginnt es.

Da war dieser Sommer gewesen, der nicht richtig Sommer sein wollte. Immerfort war es kalt gewesen, die Bäume hatten schon im August die Blätter verfärbt und am Strand war der Sand so nass und kalt gewesen, dass man sich erkältete. Aber die Jungen hatte das nicht gestört, mit dem gleichen Lärm, den sie an einem sonnigen und heißen Tag veranstaltet hätten, jagten sie sich in die Wellen und ins Schilf. Sie sind schneller als sonst an diesem Tag, so lange sie in Bewegung sind, frieren sie nicht. Sie jagen sich, es ist ein Spiel. Ihre Namen sind immer die gleichen, die Namen der Großväter oder Väter oder Brüder, die auf die nächste Generation übergehen und deren Ballast mit einem zärtlichen -ino bis ins Mannesalter verkleinert wird. So jagen sich diese Jungen ins Schilf, vielleicht heißen sie Giovannino oder Tinio oder Venanzio … sorglose Kinder, die dort etwas Feuchtes, Schwarzes entdecken, das im Schilf treibt, verfangen zwischen dem Röhricht und dem Unrat, den das Meer ans Ufer spült, und der Leib des Toten ist schon aufgedunsen. Unerschrocken nimmt der Älteste einen Stock und stößt den Leichnam an, ob er auch wirklich tot ist … ob das schwammige, stinkende, verfärbte ungestalte Ding ein Mensch war … oder doch nur ein Tier, schlampig umwickelt von Kleidungsstücken, die von ihm abplatzen … Daran aber werden diese Jungs, die längst schon Männer sind, immer denken: an die Augen, die nichts mehr gesehen haben, Augen ohne jedes Schauen und Wahrnehmen.

»So fand der Bertolino sein Ende«, sagte die Piccola Nonna. »So ein schöner Kerl, so ein dummer Kerl. Wettschulden. Sie warfen ihn ins Wasser, und wenn der schöne Bertolino etwas nicht konnte, dann war es schwimmen. Er trieb ein Weilchen noch auf dem Wasser, sie hörten ihn schreien und flehen. Es muss ihnen gefallen haben, ihn untergehen zu sehen. Den Rest erledigte das Meer, wie es immer so etwas erledigt. Das Meer ist Schönheit und es ist der Tod.«

Die Nonna trank den Wein zügig aus. »Mehr«, sagte sie, »es ist ein so heißer Tag und ich bin eine trockene Pflanze!«

Sie schenkte nach, betäubt, unfähig, sich das Geschilderte vorzustellen … Doch, ja, wenn sie überlegte, da fand sich ein Echo … eine Erinnerung an den Bertolino, der vor ihr mit brandneuen Hosen und teuren Schuhen stolzierte und sie gefügig zu machen suchte, indem er ihr alles schenken wollte: »Was du auch willst, ich schenke es dir, Schönste, für eine Nacht.« Und sie hatte ihm gesagt, dass sie nicht ihn wolle, für kein Geld nehme sie ihn.

»Diese Geschichte und viele andere habe ich von dem, den ihr selten bei seinem wahren Namen nanntet. Ihr habt auf ihn heruntergesehen, obwohl er euch liebte, euch alle … Bestimmt hat er nicht alles richtig gemacht und bestimmt war er keine lupenreine Seele, aber Seelen, wie sie die Kirche fordert, gibt's auf der ganzen Welt nirgends. Er war so gut wie er sein konnte … und er landete, nachdem man ihm sein Zuhause genommen hatte, bei mir. Dort, wo es keine Farben, keine Formen gibt, kein Porzellan und keine feinen Betten. Es ist nicht schön in meinem Haus, das muss ich dir schon sagen«, erklärte die Nonna über dem zweiten Glas Wein, das rasch in ihre Kehle sprang, »aber jedes Erzählen ist ein bisschen Weiterleben und der hatte, glaub mir, viel zu erzählen. Als er ankam, hatte er keinen Schatten mehr und keinen Namen … Ihr mit euren Filmen, ihr Filmleute …! Ihr zeigt das Traurige immer mit Tränen und einer schönen Musik, die einen heulen lässt … Aber das hat nichts zu tun mit den kaputten Kindern, die bei mir landen. Tränen sind eine Erfindung von gierigen Kinomogulen und Theaterleuten, die sich an den Seelen sattfressen. Aber bei mir sind die, die gar nicht weinen können, und von denen keiner, auch du nicht, auch ich nicht, sich vorstellen kann, vorstellen will, wie einsam diese Leute sind … Kein Filmende mit Abblende, keine holde Musik. Nur ein paar offene Fragen, ein Mund voller schlechter Zähne, ein Krebs im Leib und ein paar zerknitterte Fotos im Geldbeutel, ha, Geldbeutel, das Wort passt ja nicht«, lachte die alte Frau, »keiner von denen hat etwas, um es in den Geldbeutel zu tun. Manchmal liege ich nachts da und höre das Bellen der Hunde und denke mir: Das sind sie, das sind alle, die mir aus meinem Haus rausgestorben sind und noch einmal, ein letztes Mal etwas ausrichten wollen …!«

Sie hatte das Foto in den Händen gehalten, während die Piccola Nonna sprach; zuerst nur zwischen den Fingerspitzen, weil sie fürchtete, die schon in Auflösung begriffene Oberfläche könnte sich unter der kleinsten Berührung vollends auflösen. Aber auch weil sie kaum glauben mochte, dass dieses Foto noch existierte – dieses Foto, dass sie aufgenommen hatte … vor dreißig oder mehr Jahren … Sie erinnerte sich so gut, so genau an diesen Moment, an die alberne Meute, die Aufreizendes brüllte, und dieses eine Mal hatte auch der Monsignore sich ablichten lassen, dieses eine Mal sah man ihn lächeln, dessen scharfes, ernstes Gesicht sonst nie auch nur die Andeutung eines Lächelns zeigte, jedenfalls nicht auf den Studiofotos, auf denen man ihn sieht, und hinter ihm sah man den Orlinksi und … *ihn* … den Rothaarigen … das *Fundstück* …!

»Circe«, sagt die Nonna, »konnte mit all ihren Zauberkünsten den Odysseus nicht halten und nichts ausrichten gegen sein Heimweh … und seine Sehnsucht nach dem Tod. Das war ein schöner Film des alten Mannes, nicht wahr? Circe. Hab ihn oft gesehen in dem kleinen Kino, bevor sie es angezündet haben … War nicht er auch in diesem Film? Dein Freund?«

Er …

»Ja«, nickt sie. »Wie immer hatte er nur eine kleine Rolle.«

»Als er zu mir kam«, sagte die Piccola Nonna, »da besaß der Orlinksi jedenfalls keinen Hemdknopf mehr. So schön konnte er erzählen, aber ich war sein einziges Publikum. Nach dem Tod des Monsignore warfen sie ihn raus aus der Villa. Die Erben. Die Schwester, deren Kinder, die Cousinen, alle wollten sie etwas abhaben, und so wurde alles verkauft. Der aber, der den alten Mann gepflegt hatte, als er im Sterben lag, der bekam gar nichts. Und sein Stolz verbot es ihm, von den Verwandten etwas zu fordern. Und so ging er und schlug sich durch, was weiß ich, was er alles machte, ich habe es mir nicht merken können. Fahrer war er und Fremdenführer, Busfahrer und Hausmeister und am Ende noch, als der Krebs ihn schon fraß, da sortierte er für die Città Fotos im Archiv, das Archiv, das vor einem Jahr abgebrannt ist.«

»Ich erinnere mich«, sagt sie.

»Wie ich sagte, er hat euch alle geliebt, das sagte er mir immer wieder, aber er hatte euch aus den Augen verloren … einen nach dem anderen … zuerst dich … dann den Bertolino … keinen konnte er halten, vielleicht wollte er es auch nicht. ›Vielleicht ist es besser so, dass ich nicht weiß, wo sie sind und ob es sie noch gibt oder nicht‹, sagte er. Und wie er so dalag, an seinem letzten Abend, das vergesse ich nicht«, sagte die Nonna, »so ein einziger Muskel, so eine Knochenhand, die ich hielt, die schon ganz kalt war … Und er erzählte mir von euch, von dir, vom Rotkopf, und da begrub ich meinen Ärger und beschloss, nach euch zu suchen.«

»Wann ist er gestorben?«, fragte sie.

»Vor zwei Jahren«, erwiderte die Piccola Nonna. Sie wischte sich den Schweiß vom Gesicht, erhob sich und ging ans Fenster. Kein Luftzug, nichts. Nur Hitze. »Hast du noch Wein?«

»Ja«, sagt sie, »ja, ich hatte ihn … sehr gern.«

Circe, zu Stein erstarrt wie Niobe, wie alle Verlassenen.

Ohne Zweifel machte sie sich an diesem Abend, als die Piccola Nonna sie aufsuchte, auf den Weg zurück in die

Vergangenheit, und das kleine Foto aus dem Nachlass Orlinksis hatte sie als Eintrittskarte in diese ferne Welt erhalten.

»Der Orlinksi ist nicht mehr«, sagte die Piccola Nonna, »und beerdigt ist er unter seinem Familiennamen. Wenn du das Grab suchen willst, du findest es auf dem Cimitero acattolico, aber such nicht nach dem Orlinksi, such nach der Familie Strigio ... Wenn du aber nach Lebenden suchen willst ... den da ... den Enzo ... den gibt es noch ... Orlinksi hatte immer ein Auge auf ihn, auch wenn der sich immer auf dem Studiogelände versteckte. Einer, der sich nicht finden lassen wollte.«

Die Nonna hatte sie hellwach zurückgelassen und in Gedanken war sie schon auf dem Weg dorthin, wo sie ihn finden mochte, wenn die Nonna recht behielt. Gedanken an den Säumen der Vergangenheit entlang, wo sich nun der Schatten seines langen, schmalen Jünglingskörpers über alle anderen verbliebenen Eindrücke legt, ein leichter Schatten.

Das Foto sah sie immer wieder an und ließ die Toten sprechen: die spaßhaften Freunde, den Monsignore, den Orlinksi, Bertolino, Ippolito, Enzo, die verwandelten Gefährten, alles wollte sie erwecken und auch nicht erwecken, nur umarmen, oder einmal noch ihre Stimmen hören ... Und dann verschloss sie die Erinnerungen in sich und legte das Foto fort, denn das alles, was die Nonna ihr erzählt hatte, durfte nicht stimmen. Das Ende des Monsignore und seiner Filme … der große Brand in der Città, der das Archiv vernichtet hatte, der Brand, der den Monsignore getötet hatte: Ein Herzschlag, hatte sie am nächsten Tag gelesen, als er erfahren musste, dass seine Kinostadt verbrannt war und mit ihr die Originale all seiner Filme …

Und sie erinnert sich an den Moment hellen Entsetzens, das in ihr hochschlug beim Gedanken, dass vielleicht er, Enzo, immer noch dort gelebt hatte, in der Città, die er niemals hatte verlassen wollen, dass er, wie auch der Monsignore und Orlinksi und Bertolino, nun in der Erde lag, Gebein geworden, über dem ein Stein einen klanglos gewordenen Namen erinnerte. Das sonderbare, nicht greifbare Gefühl des Verschwundenseins fällt wieder über sie her wie es sie damals, nach dem Brand, verwundet hatte. Die Gewissheit, dass er da war, dass sie einander wiedersehen würden, hatte sie nie verlassen bis zu diesem Augenblick. Die Zeitungen vermeldeten, es habe außer dem (verständlichen!) Tod des großen Regisseurs als indirekter Folge keine weiteren Opfer gegeben bei dem Brand, der den Himmel der ewigen Stadt in ein Rot getaucht hatte, wie man es vielleicht das letzte Mal gesehen hatte als Nero sein Reich in Flammen setzte. Diese Behauptung, dass es keine weiteren Opfer gegeben habe, zerrieb sie. Was konnten die schon wissen, die Schreiberlinge, und wer wusste schon davon, dass da einer in den Archiven lebte, in den versteckten Kavernen der Bühnenbildnerei?

War Enzo noch in der Città, erinnerte man sich dort seiner, wenn sie fragte?

Sie beschloss, dorthin zu fahren. Sie saß schon im Bus, als ihr erschütternd zu Bewusstsein kam, dass die Città nur dort draußen verbrannt war ... nicht aber in ihr ... dass sie alle Erinnerungen an die Kulissen, an die Abende in fremden Orten, an die Kameraden verlieren würde, sobald sie auf die Trümmer sehen und begreifen müsste, dass wirklich alles zerstört und verloren war.

Sie drehte sich aus dem Sitz, sie floh am nächsten Halt aus dem Bus und stand so blass und ohne Orientierung, dass man sie ansprach, ob sie in Ordnung sei ...?

»Ja«, wehrte sie ab, »ja, es ist alles in Ordnung!«

Gar nichts, wollte sie schreien, ist in Ordnung!

Sie nahm den nächsten Bus zurück und beschloss, für wahr zu halten, was sie erinnerte, und niemals das Feuer in ihren Gedanken zuzulassen. Die Vergangenheit existierte noch, so lange sie nichts anderes glaubte.

Sie beschloss, ins Kino zu gehen, das sollte ihre Totenfeier sein. Drei, vier, fünf Zuschauer, mehr waren es nicht, die mit ihr in dem riesigen Saal eine zerkratzt wirkende Aufführung von Legenda anschauten, aber sie war sich anfangs nicht sicher gewesen, ob diese tief in ihre Sitze versunkenen Kreaturen echte Menschen waren. Die Leere des Saals ließ sie fiebern: Als gäbe es auf der Erde keine Bevölkerung mehr, nur die Kinomaschine lief noch, um von den Verschwundenen zu berichten. Im flackernden Licht war sie durch die Reihen gegangen, hin zu den dunklen Silhouetten, den vereinzelten Gestalten, und es erwies sich, dass es zu den Hinterköpfen, die ihr vorgekommen waren wie auf die Sitze aufgesetzte Schreckensgebilde, auch Gesichter gab, blasse, träg zu ihr hinblickende Gesichter, und es reizte sie, ganz heranzugehen an diese Gestalten, um herauszufinden, ob es sich um Menschen aus Fleisch und Blut handelte oder ob es doch Puppen waren, Roboter, denen man den Anschein von Lebendigkeit gegeben hatte, damit sich die wenigen echten Menschen, die sich hierher verirrten, nicht einsam fühlten … Was für ein Einfall, hatte sie denken müssen, eine menschenleere Welt, in der Maschinen anderen Maschinen die Filme der ausgelöschten Zivilisation vorführten.

Schließlich hatte sie ganz vorne Platz genommen, dort, wo die Leinwand dem Auge kein Ende mehr anzeigte. Sie wollte mitten im Film sein. Winzig wurde sie in dem großen Sessel, sie sah zur Leinwand auf, als erhoffe sie daraus eine Art von Absolution oder Tröstung, sie verstand selbst nicht, warum sie sich gerade bei den heitersten Szenen immer wieder Tränen abwischen musste.

Sie suchte nach der Piccola Nonna, nach dem Casa del Dimenticato, sie fuhr an alle Enden der Stadt auf der Suche nach einem Haus, das man nicht finde, wenn man es suche, das aber jeder erkenne, der es brauche. Alles, was sie herausfinden konnte, war ein Name: Donna Regina Strigio, deren Haus der Volksmund eben Casa del Dimenticato genannt hatte, so lange es noch gestanden hatte, das man aber, wie sie von einem Taxifahrer erfuhr, abgerissen hatte, um einer Schnellstraße Platz zu schaffen. Die Piccola Nonna, ja, die habe er wohl gekannt, sagte der Taxifahrer, aber besser noch habe sie der Priester gekannt, der ihr vor einem Monat das letzte Geleit gegeben hatte.

»Strigio«, fragte sie, »hatte ... Donna Strigio ... einen Bruder?«

»Das mag wohl sein«, sagte der Taxifahrer, dessen gutmütiges Gesicht nicht zu erkennen gab, ob er sich über die Fragen seines Fahrgastes wunderte oder nicht. Jedenfalls habe die Nonna Brüder gehabt, aber immer davon gesprochen, dass sie, die einst als Nonne in Avezzano gelebt habe, in jedem Menschen Geschwister gesehen habe.

Hinter der Säule ist sie gut versteckt, von hier aus kann sie alles sehen, aber sie selbst wird übersehen. Gut so, denkt sie, gut so. Lange schon kam kein Tourist mehr aus der in frischem Gelb gestrichenen Pforte. Im Hintergrund ahnt sie einen ganzen Kosmos, der dort immer noch wartet auf die Träumer. Noch einmal sieht sie den Monsignore in seinem Rollstuhl, im hellen Licht, ein Magier, der mit einem Fingerzeichen ganze Welten arrangiert, und sie sieht Enzo, die schöne Vogelscheuche mit dem flammenden Lockenkopf. Immer in der Nähe des Monsignore, unverzichtbar.

Da öffnet sich die Pforte und heraus tritt der, den sie so gut kannte.

Sie löst sich von der Säule. Sie geht auf ihn zu.

»Warte«, wird sie sagen, »lauf nicht fort, nie mehr.«

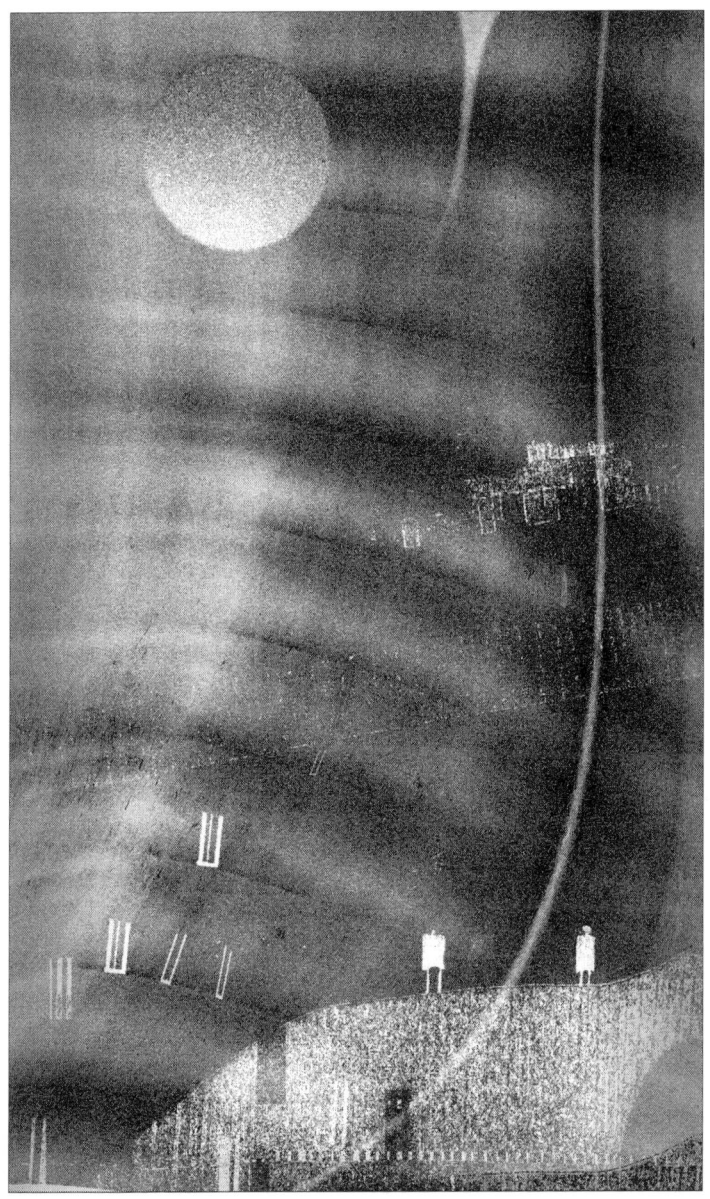

Nachwort

Es wäre mir niemals eingefallen, etwas über diese Stadt zu schreiben, die mir, nachdem ich ihr in einem wenige Tage nur dauernden ersten Aufenthalt im Spätherbst 2008 auf die Schliche zu kommen trachtete, ein Rätsel bleibt und bleiben soll. Mit jedem Text, den man schreibt über einen Ort, verändert sich dieser, wie überhaupt jeder Ort nur für den einen kurzen Moment des Betrachtens oder Beschreibens wirklich wird, um sodann gleich wieder im ungefähren Raum des Mythischen zu versinken.

Ich hatte mir einen Nachtzug gebucht. Von dieser Reise, die ich mir im Vorfeld und in einer gewissen, allen Unwägbarkeiten gegenüber blinden Vorfreude als etwas Angenehmes und Aufheiterndes vorgestellt hatte, ist mir nur der Moment in präziser Erinnerung, als ich, übernächtigt, hungrig und vollkommen erschlagen von der reinen Ahnung der Größe der sich um mich ausbreitenden Stadt, auf dem römischen Bahnsteig stehe und nicht weitergehen mag. Zwar war ein Hotel gebucht, aber ich stand, einsam und ratlos wie ein Kind, und anstatt in die Stadt hineinzugehen, wollte ich am liebsten sofort umkehren. Weder war ich gut vorbereitet gewesen – ich hatte es weder für nötig erachtet, mich mit den nötigsten italienischen Phrasen auszustatten noch einen Stadtplan einzupacken – noch hatte ich eine Idee, wonach ich in Rom suchen wollte. Es war nur diese seltsam konturenlose Vorstellung von einer Stadt, die mir in vielen Büchern und Filmen in einer Art vor Augen geführt worden war, dass ich schließlich im Spätherbst 2008 nicht mehr der mahnenden inneren Stimme entkam, die mir sagte, ich müsse einmal dort gewesen sein. Ich denke, ich stand dort auf dem Bahnsteig wie jener Hulot, eine Figur Jacques Tatis, des genialen Tati, der in Armut starb und dessen Figur Hulot an jedem Ort zugleich verloren und hilfsbedürftig wirkte. Ich machte einige Schritte – in die falsche Richtung –, ging dann in die richtige Richtung, hinaus auf den Vorplatz, es war hell, obgleich die Sonne sich hinter Wolken verbarg, was sie so für die ganze Dauer meines Aufenthaltes beibehalten sollte. Ich erlaubte mir den in meinem Reisebudget eigentlich nicht vorgesehenen Luxus eines Taxis. Und der Fahrer, der mich sofort als »Tedesco?« erkannt hatte (obwohl ich ein, wie ich meinte, recht gutes Englisch gesprochen hatte), sprach sofort in makellosem Deutsch über Köln, wo er lange gelebt und unter anderem bei Ford gearbeitet habe. Weder hatte ich zum damaligen Zeitpunkt Köln schon einmal besucht noch konnte ich ihm etwas zu Personen oder Orten in Köln sagen, nach denen er fragte. So endete die Taxifahrt für ihn mit einer leisen Enttäuschung, für mich aber mit dem Ankommen in einem schmalen, länglichen Zimmer in einer kleinen

Pension, wo ich mich trotz der abgewohnten Möbel und dem steten Brummen einer nahen Autostrada wohlfühlen sollte.

Rom war für mich ein Ort vollkommener Illusionen, Illusionen, nach denen ich mich geradezu sehnte, denn weder hatte ich ein Manuskript, an dem ich seit 2004 arbeitete, zu einem glücklichen Abschluss bringen können, noch war die Vermittlung eines anderen Textes an einen Verlag gelungen. Das ganze Selbstverständnis als Schriftsteller stand auf tönernen Füßen, alles Ermutigende hatte sich als Selbstbetrug erwiesen. Und hatte ich nicht bei Charles Bukowski gelesen, dass zwar nicht jeder ein Elektriker, ein Klempner oder Handwerker werden könne, buchstäblich aber jeder sich zum Schriftsteller geboren fühlte? Nun, ich fühlte mich dem Schriftstellersein so fern wie selten zuvor, und wenn es einen Ort gab, wo ich meinen verletzten Ehrgeiz abkühlen und zu neuen Einfällen kommen konnte, dann – so dachte ich – sei das Rom.

Weder das Aufsuchen der Fontana di Trevi noch eine Vorüberfahrt an der Engelsburg, nicht der – aus der Ferne – eher durchwachsene Glücksgefühle anbietende Anblick des Petersdoms und auch nicht der umständliche, durch das bedrohliche Gefühl des Verlorengehens begleitete Irrweg, der mich an die Spanische Treppe führte, auch nicht deren Betrachtung während aufkommenden Regens erleuchteten mich. Vielmehr fühlte sich die Stadt trotz der unverändert durch alle Straßen und Gassen flutenden Touristenströme an wie verlassen, als hätten alle, auf die es (mir) ankam, das Haus verlassen. Und tatsächlich befand sich der einzige Mensch, den ich damals in Rom kannte und hätte ansteuern können, genau zu diesem Zeitpunkt in Spanien. Mein Eindruck einer ausgeleerten Stadt vertiefte sich noch, als ich in der Straßenbahn durch die Stadt schaukelte, stets unangenehm berührt, wenn ich – was oft genug passierte – auf Deutsche traf, denen gegenüber ich mich niemals als Deutscher zu erkennen geben mochte.

Es war eine der kleinen bösartigen Freuden, als ich etwa einem älteren Berliner Paar, das sich ebenso verlaufen hatte wie ich, in einer im Moment erfundenen Sprache zu verstehen gab, dass von mir keine Hilfe zu erwarten wäre. Kinderspiele gewiss, um der Unsicherheit etwas entgegenzusetzen. Gewiss auch ein nicht glückender Versuch, zum Kern oder genauer gesagt zu einer Empfindung für diese von so vielen touristischen Entgleisungen geplagte Stadt vorzudringen.

Dabei war ich nach drei Tagen in Rom einfach nur an den falschen Stellen gewesen. Sehenswürdigkeiten werden ausgesucht von Menschen, die einem den Blick verbiegen, weil sie etwas verkaufen oder eine bestimmte Legende am Leben erhalten müssen. Das wirklich Sehenswerte findet man auf keiner Karte, keiner in Hochglanz gedruckten Empfehlung. Das würde ich noch lernen.

Sehenswert war das Antiquariat, in das ich an Tag vier hineintrudelte wie eine Motte gegen eine hell erleuchtete Lampe schlägt, und weder der schweigsame, mit seiner hohen Gestalt, seinem krummen Rücken, seinem abgetragenen Lodenmantel unvergessliche Antiquar noch sein ausgesuchtes Sortiment werden mir je aus dem Kopf gehen. Er konnte ein wenig Deutsch (aber nicht gern), Englisch wohl besser, aber auch nicht gerne, und meine Versuche, ihn zu diesem oder jenem zu befragen in meinem bröckeligen Italienisch ließen ihn lächeln wie ein alter, erfahrener Mensch über die Gehversuche eines Einjährigen lächelt: freundlich, nachsichtig, aber auch dauernd verwundert.

Unvergesslich die mitunter erschreckende Verkommenheit und Schmutzigkeit dieser ewigen Stadt, die sich manchmal so surreal und unbegreiflich gab, wie sie die Kulissenbauer Fellinis in ihrem Studio in der Cinecittà nachgebaut hatten. Ich stand auch, am vorletzten Tag, vor den Toren der Kinostadt, durch die man, wie mir im Hotel mit großer Begeisterung bestätigt worden war, Führungen erhalten konnte. Aber ich blieb dann vor den Toren dieses einst magischen Ortes, ich hatte begriffen, dass ich mir selber ein Bild machen musste, dass ich die Cinecittà erfinden musste, wie ich überhaupt alles, was ich sah, hörte, roch, schmeckte und spürte in Gedanken noch einmal umstoßen, neu zusammensetzen, anders arrangieren musste. Denn es war, trotz des durchgängig schlechten Wetters, trotz der so unrömisch-kühlen Brisen, die gegen Spätnachmittag um einen herumgingen, trotz der Unmöglichkeit, einen Eindruck von den Ausmaßen und räumlichen Verhältnissen dieser Stadt zu gewinnen, alles da, was ich mir erhofft hatte.

Einmal von der im Heimatland genährten Notwendigkeit geheilt, die so etikettierten Sehenswürdigkeiten aufsuchen zu müssen, geriet ich in einen Zustand von zufriedener Verlorenheit in dieser Stadt. Ich lief Straßen entlang, die kein Fremdenführer empfohlen hätte, blickte in Hinterhöfe und Plätze, die keinem touristischen Anspruch genügt hätten, mich aber fröhlich und chaotisch grüßten. Und immer wieder fand ich freundliche und hilfsbereite Menschen, die mir in meiner Sprache weiterhalfen, während ich doch von ihrer Sprache kaum das Notwendigste besaß (aber das eine oder andere für immer behielt).

An diesem vorletzten Tag also fand ich mich schließlich in einem vielleicht nicht besonders ansehnlichen, aber durchweg von einer freundlichen Atmosphäre des Diskreten bestimmten Café wieder, versorgte mich mit Kaffee und deftigen kleinen Backwerken, von denen ich zum Erstaunen meines Umfelds nicht wenige aß, und begann etwas aufzuschreiben, was mir wenige Stunden zuvor so deutlich vor Augen gestanden hatte, als wäre es wirklich geschehen: Die erste Szene eines Buches, das zu schreiben ich mir vornahm und worin ein dürrer Junge tastend und schnuppernd wie ein seiner natürlichen Umgebung beraubtes Tier Abschied nehmen muss vom Ort seiner Kindheit. Dieser Ort ist weder schön noch angenehm, und doch gehört ihm die ganze Liebe dieses Kindes.

Diese Szene stand mir vor Augen. Jede Empfindung und jedes Wort dieses Kindes empfand ich so nah, als wäre es mir selbst zugestoßen. Gegen Abend verließ ich das Café, von dem ich heute nicht einmal mehr mithilfe von Google Earth sagen könnte, wo es sich befand, und kam, fast ein ganzes A5-Heft vollgeschrieben, zurück ins Hotel. Dort verlängerte ich meinen Aufenthalt umgehend um zwei weitere Tage, in denen ich wenig mehr ausrichtete als zu schreiben und, wo nötig, in unmittelbarer Nähe zum Hotel etwas essen zu gehen. Ich schrieb schnell und, wie ich mit seltener Schärfe und Klarheit erinnere, in enormem Tempo, ein Satz verlangte den nächsten, als hätte etwas die Steuerung über mich übernommen. So reiste ich schließlich ab, ohne die Stadt begriffen zu haben, baute sie aber schon auf der Rückfahrt, wo ich so wenig Schlaf fand wie auf der Anreise, meinen Vorstellungen nach.

Ich nehme an, dass es Fellini ebenso machen musste, dem ich, nicht nur für seine Filme, sondern auch für seine Sicht gegen alles Klischierte unendlich dankbar bin.

Es war der Beginn nicht nur meines dem Fantastischen weit offenen Schreibens, sondern auch der Beginn dieses Buches, das seit den Tagen in Rom allerdings noch um einiges gewachsen ist.

Geschrieben 2008 / 2023

Inhalt

Florian L. Arnold:
Ein ungeheuerlicher Satz. Novelle

Mirabilis Verlag 2015
ISBN 978-3-9816674-1-7
Klappenbroschur
144 Seiten
14,90 €
mit Grafiken des Autors

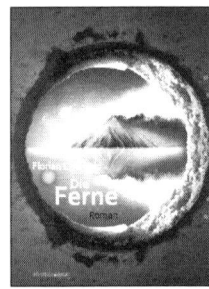

Florian L. Arnold:
Die Ferne. Roman

Mirabilis Verlag 2016
ISBN 978-3-9816674-4-8
Klappenbroschur
264 Seiten
16,90 €
mit Grafiken des Autors

Florian L. Arnold:
Pirina. Roman

Mirabilis Verlag 2019
ISBN 978-3-947857-00-5
Klappenbroschur
192 Seiten
18 €
mit Grafiken des Autors

Florian L. Arnold:
Die Zeit so still. Novelle

Mirabilis Verlag 2020
ISBN 978-3-947857-10-4
Klappenbroschur, Fadensiegelung
108 Seiten
16 €
mit Grafiken des Autors

Der Autor dankt **Sabine Arnold-Gutschmidt** und **Fabricio Calcia** für ihre Unterstützung.

Außerdem bedanken wir uns sehr herzlich bei der **Edition Tandem**, Salzburg/Wien für die Zustimmung zum Titel des Romans und verweisen an dieser Stelle auf den Lyrikband »flüchtiges licht« von Tobias Pagel, der 2022 in der Edition Tandem erschienen ist. www.edition-tandem.at

***

Impressum

Florian L. Arnold: Das flüchtige Licht
Mirabilis Verlag 2024
1. Auflage
www.mirabilis-verlag.de
ISBN 978-3-947857-20-3

Text, Illustrationen und Umschlaggestaltung:
© Florian L. Arnold

Druck: Mazowieckie Centrum Poligrafii Sp. z o.o., Marki, Polen; www.mcpdruk.pl